新　潮　文　庫

エストニア紀行

森の苔・庭の木漏れ日・海の葦

梨　木　香　歩　著

新　潮　社　版

10526

エストニア紀行

森の苔・庭の木漏れ日・海の葦

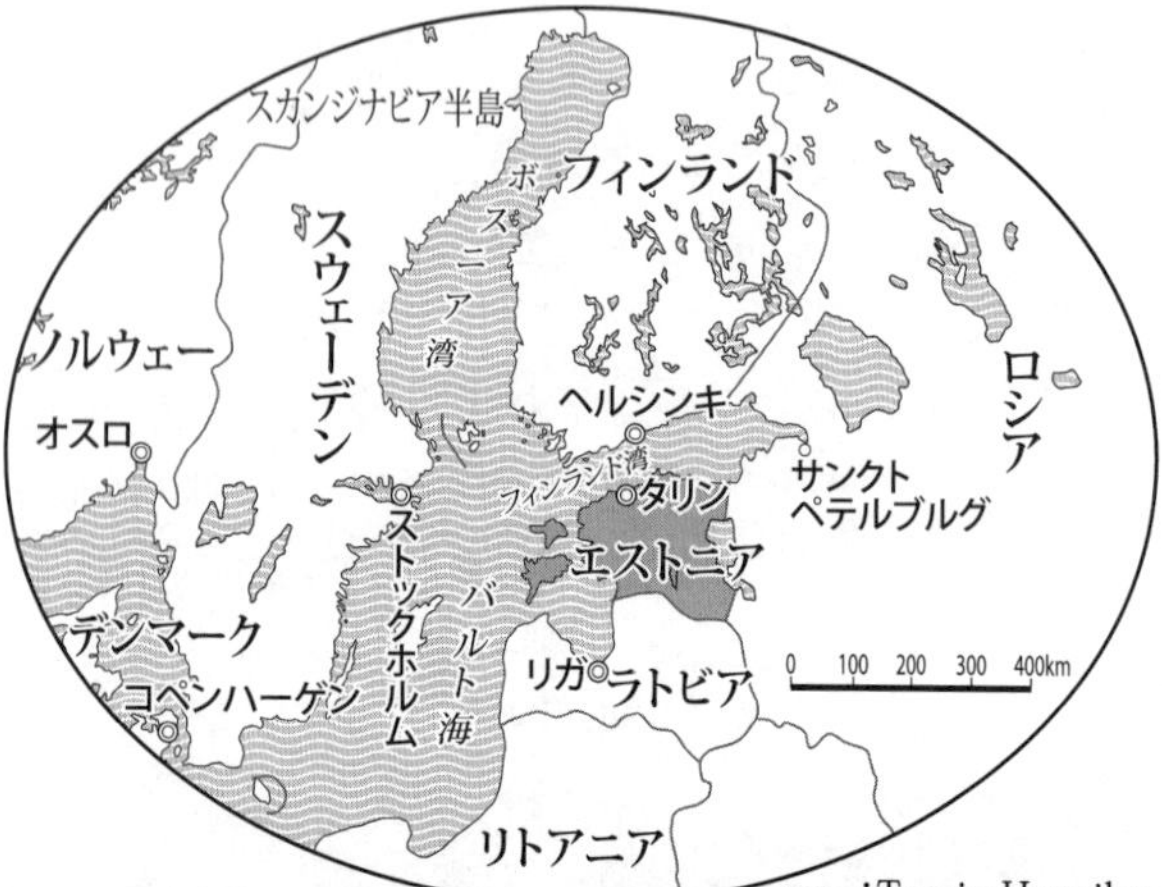

map：Tomio Hasuike

1

　それまで人工的な夜に入っていた機内は、再び調節され始めた照明で徐々に明るくなり、到着地が近くなったことを感じた乗客たちは、まどろんでいた意識を入国準備へ向けて覚醒《かくせい》させようと、もしくは最後の一眠りへ戻ろうと身じろぎをした。この空間だけの夜明け。座席にセットされた画面には、スカンジナビア半島とフィンランドの一部が映し出されていた。飛行機はヘルシンキ上空にあるらしい。画面は自動的に、機外の景色に切り換わる。一瞬目を疑う。禍々《まがまが》しいくらいの厚い雨雲だ。急激な明るさに用心しつつブラインドを上げ、窓の外を見れば、大分傾いているとはいえ太陽の輝く晴天なので、その下の、渦を巻く黒雲の、ただならぬ不穏さがよりいっそう際立《きわだ》つ。互いにぎゅうぎゅうと音がしそうなくらい密接した、濃いグレーの雲の層が延々と続いて、それがフィンランド湾を覆《おお》い、対岸のエストニアの方まで続いている気配である。地上の悪天候が思いやられた。不思議な気がする。もしもスケジュールが少しずれれば、この瞬間、街角でどしゃぶりの雨に閉口していたかもしれない自分の姿を思い浮かべて。雨に打たれた古い煉瓦《れんが》の放つ匂《にお》いまでデジャビュのように鼻腔《びこう》の奥に広がり、そういう「結果」をもたらす雨滴の、その大もとがこの雲の中にあるのだ、と思い、目を閉じる。煙突の上につくられたコウノトリの巣を、雨が濡《ぬ》らしていく図を思い浮かべる。仕事の旅だったが、実はコウノトリの渡りに間に合うようにとも目論《もくろ》んでいた。

目的地、エストニアはすぐそこだというのに、日本からの直行便がないので、ここを通過し、アムステルダムでトランジットしてまた引き返してこなければならない。こういうときはいつも、仕方ないのだ、と頭では分かっていても、やはり何か厖大《ぼうだい》なエネルギーの「無駄」をしているような気がしてならない（実際、時間的に言ってもアムステルダム―エストニア・タリン間は片道二時間半ほどかかり、往復プラス空港での三時間の待ち時間を入れれば、相当なロスなのである）。このまま機外に放り出してもらえれば気流に乗ってエストニアに着くのではないか、と子どものように想像する。そういうことが可能なのは、辺境のバス止まりなのだろう。歩いている途中、バスがきたら手を挙げて（運が良ければ）乗せてもらう。降りるべきところが見えたら、頼んで降ろしてもらう。自分でも気づかないことだったが、私は「あるべき旅」の基準《スタンダード》を、その辺りに設定しているのかもしれない。それでこういう「無駄」に、身の程に合わぬ贅沢《ぜいたく》、といつまでも抵抗を覚えるのかもしれなかった。

それから約一時間後、ユトランド半島を過ぎる頃には、雨雲はすでに後方に遠のいていた。着陸の態勢に入り、飛行機が降下を始めると、やがて絵に描いたような風車や運河が見えてきた。

アムステルダム・スキポール空港はヨーロッパ最大規模のハブ空港の一つなので、空港内の書店もキオスクのようなものではなく、腰を据えて時間が費せる。だが、気をつけないといけないのは、往《い》きのトランジットで本を買い込んでしまうと、その後ずっと荷物について回ることである。目下の旅に関連のある書籍ならともかく、次の旅くらいに予定してある国に関するものを買うなど、言語道断（だが、空港を利用する客は当然旅する人が多いわけで、必然的に空港内の書店には旅関係のものが充実している。つまり、客にとって誘惑に抗しがたい品ぞろえなのだ）。分かっていたはずなのに、気づけば千五百グラム強、買い込んでいた。しかも旅とは直接関係のないものまで。けれどはからずもそうなってしまった場合の理想が千七百グラム（この数字は、衛星利用の「渡り鳥の追跡調査」時に、渡り鳥に装着してもらうジオロケーターの重量が、その鳥の全体重の四パーセント以下に定められていることから算出した数字である。自分の体重ではどうなるか、その重みを実感しながら旅を続けると、装着させられた鳥の「迷惑度」が体で分かる）まで、だったので、重さだけで言えばまああの線だ。本当は、余計な本を買いたくなったら書名だけメモして、あとで自宅から取り寄せればいいのだ。けれど何度かそれで失敗している。往きにあったからといって、復路の同じ店にまだあるとも限らない。そういうときに限ってインターネットでも「品切れ」が判明したりする。結局出会ったときに手に入れるのが一番なのだから、と自分自身に言い訳をしつつ、休憩所に向かい、しばらくそこで今買ったばかりの本を読む。小一時間過ごしたところで、急にこのまま本に没頭して乗り過ごしてしまうのではないかと心配になり、顔を上げる。まだ出発時間までは一時間半ほどあったのだが、残りはゲート・ロビーで読もうと「決心」する。そこから、エストニア・タリン行きの便が出発するゲート・ナンバーの表示を目指し、ひたすら歩いた。まるで失《う》せ物探しのゲームのように、次から次へと指示が出る（右へ行けだの、左へ行けだの、下に行けだの、そうそのまま真《ま》っ直《す》ぐ進んで、だの）。ぎりぎりに出ていたら、絶対に途中でなりふりかまわず走らねばならないことになっただろう、たっぷり時間があるってなんて気持ちに余裕を持たせるのだろう、と自分の「決心」が英断であったことに満足する。が、なかなか着かない。そのうち、「決心」はそれでも遅すぎたのではないかと不安になりかかりる。不安がいよいよ強まった頃、ようやく、これ以上先はない、辺境のグラウンドノロアに辿《たど》り着く。カウンターにも係員はまだいない。けれど、掲示板にはタリンの文字が見える。黒いスチールとあまりきれいではないガラスで構成された、バスターミナルのように埃《ほこり》っぽく愛想がない場所だった。時間がきたら、ドアを開け、バスに乗るように歩いてあの背の低い飛行機に乗り込むのだろう。待っている乗客は疎《まば》らだった。シンプルなベンチが何列にも並び、二、三列に一人か一組、深く体を沈め、眠り込んでいる人や、どことなく不安そうな若いカップルがいる。皆足元に大きな荷物を並べている。眠り込んでいる人の中には、無造作な髪形の革ジャンの若者もいれば、半袖《はんそで》Tシャツの中年もいる。ここでまちがいなかろう、と、片手に下げていた買ったばかりの本の袋をベンチの一つに置く。なるほど、移動の最中、プラス千五百グラムはちょっと負担だった。タカに襲われている最中にはそれが生死を分ける要因になるかもしれない。このことは考えるたび私を憂鬱《ゆううつ》にする。だが衛星通信のおかげで分かったことは測り知れない。

たとえばヨーロッパに営巣《えいそう》するコウノトリは、秋になったら二つのコースに分かれてアフリカへ渡る。ジブラルタルコースと、アラビア半島根もとコースだ。ジブラルタルコースをとるコウノトリはもれなく、あの狭い海峡を渡る。ヨーロッパ大陸から、アフリカ大陸へと。風が、彼らを誘うのだ。的確に、あの場所へと。


タリン空港へ着いたのは、夜半の十一時五十五分だった。出発後、太陽が沈み始め、やがて雨雲が支配するあの空域に再び戻った。飛行機は不気味な黒雲の中をついに突っ切って、見る間に激しい豪雨の中、なるほどあの厚い雲の下の世界は、こういうことになっていたのか、と納得しながら地上へ下りた。空港ビル内は閑散として、入国や税関の審査なども一切なかった。十二時を過ぎているからだろうか。人影も少なく、「闇夜《やみよ》に乗じて」、という言葉がこのとき、この旅最初に脳裏に浮かんだ。

場内にはひと足先にエストニア入りしていた、このときの仕事先編集者の盆子原《ぼんこばら》さんが迎えに来てくれていた。なんとなく声をひそめるようにして再会の挨拶《あいさつ》をする。いっしょに外に停めてある車へ向かう。初めての国の風景を見ようにも、ただでさえ明かりの少ない夜の闇、公開時間はとっくに終わったのに、と言わんばかり、激しい雨が帳《とばり》となり不躾《ぶしつけ》な異国の人間に、覗《のぞ》かれるのを拒むかのよう。

このときタリンで計測されていた気圧は九百九十五ヘクトパスカル。この地がほとんど北緯六十度近く、カムチャツカ半島北部と同じ位置にあると考えれば、これはかなりの低気圧である。風は南風。つまり北へ向かう風、この時点では。このことを、記憶されたい。


空港から市内のホテルまでは十五分ほど。すでに照明を落としたホテルのフロントでチェックインを済ませ、エレベーターで部屋に上がる。盆子原さんも一緒に入って室内をチェックする。高層階で、ほぼ壁一面が窓ガラスである。カーテンを開けると、夜景は都市のそれだ。明日の予定を確認し合い、就寝の挨拶を交わし、彼女は別の階の自分の部屋へ。私はバスタブにお湯を入れ、スーツケースを開けて荷ときをする。今日買った本の続き、アフリカの国々の独立五十年史を読みながら、就寝。

翌朝、窓からフィンランド湾が見えた。ヘルシンキへ行き来するフェリーだろうか、船も見える。ここからヘルシンキまでは高速艇で一時間半の近さだ。それにしてもあらゆる設備がコンピューター制御されたホテルで、昨夜はバスタブにお湯を張るのも、空調や照明を調節するのも、扱いを呑《の》み込むのに手間取った。個人の旅では、ほとんどこういうところに泊まったことはないのだが、以前一度だけ、イスタンブールで同じ系列のホテルに泊まった。ロケーションが魅力だったのだ。ボスポラス海峡を見下ろす、同じようにほぼ壁一面窓ガラスの部屋で、室内の照明を消すと、南中した月に鳥の群れが横切ったようだった（あるいは流れる雲だったのか、それは今でも分からない）。ボスポラス海峡は、ヨーロッパとアジア、アフリカ方面を結ぶ、コウノトリを含む渡り鳥の渡りの中継地点の海峡でもあった。湾を行き来する船の灯りも蛍の群れの流れのようで、ものがなしくうつくしく、毛布と枕《まくら》をベッドから引きずって来て、一晩中うつらうつらしながら床の上で眺めていたのを思い出す。あのときに較《くら》べると、湾はビルの谷間から覗く程度なのだが、同じような立地で同じような室内、それは、旅の前に断片的に仕入れた情報からの、エストニアの印象とはかけ離れたものだったが、タリンという町が、ヨーロッパきってのＩＴ産業の盛んな都市である、という俄《にわ》かには信じがたい事実を、私にそれとなく納得させてくれる風景であり、室内だった。ここは新市街のほぼ真ん中にあたる。

身仕度を整え、ロビーに降りると、すでに盆子原さんは、見知らぬ日本人女性とソファで話し込んでいた。近づいて、紹介してもらう。女性は通訳兼ガイドの宮野さん。エストニアにお住まいになって十年近く。普段はタルトゥ大学で日本語を教えている。

化粧っけのない、一見してとても真面目《まじめ》な方という印象を受けた。そうこうしているうちに、盆子原さんがエレベーターの方を見て、あ、カメラマンの木寺さんがきました。振り向くと、いかにも寝起きの顔をした日本人男性がぼうっと立っている。よろしくお願いします、と挨拶すると、はあ、と言って、後は口の中でもごもご言っている。口下手な方なのだろう、と思った。ガラス窓の向こうから、都市の喧騒《けんそう》が微《かす》かに聞こえていた。

私は、あの朝の明るいロビーの、仕事でたまたまいっしょになった者同士、というぎこちない雰囲気をまだ覚えている。そのおよそ二年後、この同じ四人（プラス宮野さんのパートナー）が、日本の私の自宅で笑い転げながらカツオのたたきを食べているなんて、そんなゆるやかで恒久的な友情を育《はぐく》むことになるなどと、このときこの四人のうち誰一人想像だにしていなかったと、断言してもいい。

私たちはそれから手配してあった車に乗り込み、旧市街の山の手に向かった。昨日の荒天とは打って変わって、と言いたいところだが、雨こそ降っていないものの相変わらず風は強く、しかも向きが定まらない。雲の動きも不安定だ。灰色のグフデーションヨン、色も形も様々だ。

降らないといいけれど、と盆子原さんが呟《つぶや》いた。

その日は午前中タリン市の旧市街を見て回り、午後は今も市内に残るという、地下通路を見学する予定だった。ヨーロッパの古い都市の多くがそうであるように、タリンもまた旧市街と新市街に分かれている。車はビルの多い新市街を少し走り、すぐに旧市街の山の手へ向けて坂道を登り始めた。そしてある町角で停車し、私たちを降ろすと、そのまま駐車場へと去って行った。目の前には、なんだか場違いなほど壮麗な、タマネギ屋根のロシア正教の教会が建っている。

——アレクサンドル・ネフスキー聖堂と言います。なんだかこの建物、悪目立ちしてますよね、この町では。

宮野さんは、独特の、シャキシャキして媚《こ》びない、それでいて朴訥《ぼくとつ》な口調でそう言ってのけ、その、悪目立ち、という言葉がぴったりその建物に当てはまっていたので、私は、あ、面白い人だ、これから先、充実した旅になる、と、その時直感した。ガイドブックを暗唱しているのでもなく、どこに遠慮しているのでもどこの強制を受けているのでもない、個人の言葉でガイドしている——案内人に案内される国の印象は、どうしたってその案内人という個性のフィルターを、多かれ少なかれ、通して入ってくる。ガイドされるとき、私はいつも、そのフィルターの個性がどういうものであるかも、知りたいと思う。それが分かってくる過程で、その国の姿が様々に立体的に立ち上がってくるように思うから。

――建てたのは帝政時代のロシア、一九〇一年に完成しましたが、その四年後、革命が起きて……。あちらに見える古い塔は城壁の一部で、「のっぽのヘルマン」。十四世紀に建てられました。

彼女の話を聞きながら、辺りを見回す。西洋菩提樹《ぼだいじゅ》・リンデンが、ゆったりとした間隔で植わっており、ちょっとした林になっていた。公園と言うほどでもないが、心もち広めのスペースで、イチイの木も合間に何本かある。上空の相変わらず落ち着かない雲間から、陽が射《さ》して、それがリンデンの堂々たる木の葉叢《はむら》をこちら側に逆照射し、それぞれ美しい緑のグラデーションをつくった。しばらく足を止めて見とれる。林の空間が草色のフィルターをかけたような緑陰になり、その中を、乱れた大気のどさくさに紛れ、乾いた初秋の風が一陣、降りてきて吹き抜ける。

――ああ。

私は久しぶりのその「感じ」を、ちょっと目を閉じて味わい、

――欧州にいるって感じがする。この湿度の低さと空気の匂い。こういうの、私にとっての欧州です。なんか、ドイツっぽい。

たぶん、それは今思えばリンデンからの連想だったのだ。けれど宮野さんは一瞬目を輝かせ、

――そうなんです。これから、街並みを見ると、もっとよく分かると思うんですが、ドイツからの観光客の中にも、「もう我々が失ったと思っていた中世ドイツが、ここに残っていた」とおっしゃる方もあるんです。

そこまで見通して言った言葉ではなく、まぐれあたりもいいところだったのだが、直感としてはあながち外れてはいなかったのだろう。「のっぽのヘルマン」はいかにも中世らしい細長い円柱型の、高い塔で、窓からラプンツェルが、長い金色の髪を垂らしていそうだった――相当長い髪になるだろうが。

――では、次に大聖堂へ行きましょうか。その先です。十三世紀に建築が始まった、タリンで最も古い教会のひとつです。

その先、と彼女が言った大聖堂の方へ抜ける道は、古い建物と建物の間の、細い、車一台がなんとか通るくらいの幅だった。進行方向、右側の、古い漆喰塗の家の壁は、地面に接する部分から腰部《ようぶ》まで彩色された、本来なら横に長い長方形であろうはずのペンキ部分が、細長い直角三角形になって、その頂点が壁の端で地面と交わり、消えていた。つまり、かなりの登り坂なのだ。道の敷石は、平板で小さめのものだが、そ

の壁の消えたところで現れた横道は、いかにも古そうな道で、むきだしの土の上に、河原からとってきたと思われる角のとれた石が無造作なタイルのように埋め込まれていた。石と石の隙間《すきま》には、ぎっしりと苔《こけ》が生えていて、まるで緑の縁取りのようだ。一つ一つの石に表情があり、用もないのにその上を歩きたくなる。足の裏に、石の個性を感じる。この道も全体的には登り坂なのだが、長い年月が部分的にゆるやかな凹凸をつくっているのが見て取れる。

ヨーロッパには、中世からの息遣いの残る本当に古い町に、こういう道がよく残っている。馬車が通行していた時代には、きっと街中での加速防止にもなっただろう。「大聖堂」にはすぐに着いた。白い漆喰壁に穿《うが》たれた素朴なドングリ型の穴のような出入口が、そのまま道に面していて、思わせぶりな由緒《ゆいしょ》書きなど何もなかった。まるで裏口から出入りする具合に、道路より少し低くなっている入口を下りた。薄暗い堂内には、丹念に彫刻された大理石の石棺がいくつも並び、古いオークの調度の艶《つや》が、濡れたように光っていた。天井が高く、同じく高い位置にある窓から、内部に光が射してきていた。私たちの後から、背広にネクタイの、背の高い灰色の髪の紳士が入って来る。仕事鞄《かばん》を手にしていたので、観光客というわけでも、教会の関係者というわけでもなさそうだった。すこし不思議に思っていると、宮野さんが小声で教会の説明を始めた。

——十七世紀の終わり、この辺り、山の手一帯を覆う火事があって、建物はその頃再建されました。だから、内装の部分部分も、一番古いものが十七世紀、ということになります。さっき見た、ロシア正教の教会のきらびやかさに比べて、非常にシンプル。宗教改革前からある教会で、カソリックのものとしてつくられたんですが、宗教改革後はプロテスタントの教会として使われています。

ふんふん、と聞いていると、入口から、これも灰色の髪の、少し年配の女性が入ってくる。件《くだん》の紳士は、教会の奥の壁にかけられた、聖母子画の前に立っている。女性はそこへ近づいて、唐突に会話が始まる。知り合いだろうか、それとも教会の関係者同士だろうか。今日初めて会った、というのではなさそうだったが、とても親しい、というのとも違う、ビジネスライクでもない、いったい、どういう会話が交わされているのだろう……と不思議に思う。その間も、宮野さんの説明は続いている。

——ごらんのように内装も至ってシンプル。山の手地区は貴族階級が多かったので、この教会もほとんど貴族の家族が集っていた。昔のヨーロッパの貴族は教会の床下に埋葬されることが多かったわけですが、その埋葬された人物について記した墓碑銘が、教会に寄贈されました。家紋もあります。もともとこの国にはドイツ貴族がいて、ロシア帝国が支配するようになってからも、彼らは重用されていました。だから、ここも（それぞれ凝りに凝ってデコレーションされた家紋等が掲げられていて）壁だけはきらびやか。取っ払っちゃえば、もっともっと質素なものになると思うんですがね。ロシア帝国時代の十八世紀の終わりに、もう埋葬禁止ってことになった。だから、ここ二百年ぐらいは埋められていません。

——でも、それまでの方々の遺体はまだあるんですね。

——そうですね。そういうことですね。

——じゃ、屋根つきの集合墓地みたいなものですね。

——まあ、そういうことですね。

灰色の髪の一人の会話はまだ続いている。穏やかな、けれど熱心な会話だ。何か、学術的なことなのだろうか。それとも親戚《しんせき》の葬式の打ち合わせ、とか。宮野さんの説明はさらに続く。私たちは入口のところへ戻って来ている。

——昔、タリンの街にドンファンと呼ばれる色男がいて、その華やかな人生もいよいよ幕を閉じようとしたとき、「自分が死んだら、大聖堂の入口すぐのところに葬《ほうむ》って欲しい」と遺言しました。これが、それです。

私たちは、踏まれて角がとれ、それでもまだふっくらとしたレリーフの残る敷石を見下ろす。

――心優しい人々の中には、「彼も自分の人生を悔いて、善男善女の足元に葬られることで、生前の罪を少しでも軽くしたいと思ったのだろう」と解釈した人もいたらしいですが、口さがない人々――つまり、世間一般の人々は、「死んでさえも、教会においてでさえも、女性のスカートの中をのぞこうとしてるんだ」と理解したとか。

いろいろな人生がある。ひとつのテーマで全うされた人生は、総じて見事なものである。

――これから展望台の方へ向かいましょう。

私たちは外へ出て、大聖堂の裏手の方角へ細い道を移動する。

――さっきの、あの人たち――。

と、私がポツンと呟くやいなや、盆子原さんは素早くこちらを見、力を込めて、

――ねえ！　何だったんでしょう。私も気になって。

それを聞いていた宮野さんも、

――何だったんでしょうねえ。会話は聞こえなかったんで……。

首を捻《ひね》る。説明に専念していると思ったら、ちゃんと堂内の出来事にも目配りをしていたらしい。

――撮ってしまいましたよ、写真。

木寺さんが少し離れたところで、ばそっと言う。いつのまに。なんだ、みんな気になっていたんだ、と吹き出す。あの一人の、どうにも特定できない関係性に、不思議な存在感があったのだろう。

歩いているとあちこちに崩れかけた壁が現れる。一番表層のペンキ部分が壊され(ペンキは少し残っている)、その下の漆喰、土、中世の頃つくられたらしい石とセメントを重ねたもの、つまりモルタルの部分、までが露呈して、時代時代に塗り重ねられていった自らの成り立ちを、象徴的に語ってくれているようだった。こういうの、いいですねえ、それぞれの時代が匂い立つようで、と歩きながら言うと、――街は今、盛んにリニューアルされている最中なんです。古い建物がどんどん壊されていく。

過渡期、ということか。

歩いている間も、ゆるやかだが登り坂だということが分かる。ベレー帽にコートをまとった老婦人が、道の横に設置してあるベンチに座っている。膝《ひざ》の上と横に、これから私たちが各地で見ることになる、エストニアのそれぞれの民族独特の編み模様をほどこした靴下や手袋を、展示するかのように置いている。遠慮深げに、また恥ずかしそうに微笑《ほほえ》んでいる様は、とても場馴《ばな》れした売り子に見えない。今まで働いたことのない、天井の高いアパートメントの一室に住むご婦人が、少し不如意《ふにょい》になり、そうだ、得意の編みものを仕事にできないかしらと思いついた、そういう風情《ふぜい》である。

——そこ、曲がります。

老婦人のベンチを通りすぎ、しばらく行くと「展望台」に着いた。けれど、ちょっと景色がよく見える、といったほどのスペースで、日本で言うところの「展望台」を想像すると、少し違う。だが、そこからの眺めは確かにすてきだ。赤い円錐《えんすい》の屋根が、おとぎの国の建物のように町の景観に浮かび、たのしくうつくしく、それから少しの哀感を醸《かも》し出している。エストニアの町の赤は、深みのある濃い臙脂《えんじ》や暖かい煉瓦色。周囲から浮き立たず、けれど気持ちを晴れやかにしてくれるほどには目を引いている。

——あの塔が、下町の教会と呼ばれる、聖霊教会です。今さっき入った大聖堂は山の手の教会。聖霊教会から、左手の方へ行きますと、海、そして港ですね。港が見えます。さらにその近く、もう一つ、背の高い塔を持つ教会があります。聖オレフ教会です。この教会、かなり背が高いんですが、今の高さが約百二十四メートル——百二十三・七かなんかだったかと思いますが——中世の頃、十五、六世紀には、世界一の高さを誇ったと言われています。当時は百五十メートル以上あったらしいです。海を行く船の目印にもなったそうです。それだけ高いと、落雷とかにもあったりして、結局今は百二十四メートルになった、と。これはタリンの街並みの建築物の高さの上限にもなっていて、あれより高い建物はつくってはいけないんですね。

——おおー。今でも？

——ええ、そうなんです。皆さんのお泊りのホテル、結構高いですけど、あれ、百十七メートルです。

——ぎりぎり。

——ええ。じゃないと建築許可が下りない……。

雲が流れて、塔の上の方から陽が射した。

——ああ、きれいですね……。

しばらくそこで風に吹かれ、海の向こう、ヘルシンキ方面の雲を見つめた。雲の上には飛行機が飛び、昨日の私がそうであったように、そこにもまた、今日の予定を抱えた人々がいるのだろう。ぼんやりそんなことを考えていると、

——では、これから下町の方へ向かいましょう。

私たちは展望台を離れる。さっきの老婦人の前を通る。気弱そうな笑みに会い、微笑み返す。お元気で、と小さく日本語で呟く。

今度はゆるやかな下り勾配《こうばい》である。歩きながら、この辺りの古い建物は、ドイツ人貴族たちのものです、と宮野さんが説明する。

――第二次世界大戦前、ヒトラーが、エストニア国内のドイツ人に、これから戦争が始まるから引き揚げてこい、というドイツ人帰還命令を出したんです。それで、多くのドイツ人たちは一斉に本国へ帰ったんですが、土地屋敷は持って帰れない。で、その後ソ連時代はこの辺り、結構荒れていたんですが、一九九一年の独立回復後、一生懸命手を入れ始めて……。でもまだまだ、全部が維持できているわけではないんですけど……建物の使い方としては、住宅よりも、店舗とか、国際機関、会社、大使館関連の、国の出先機関なんかも……。

装飾のない、がっしりした石造りの邸宅が並ぶ。

十三世紀（それまでのエストニアの歴史は、この日の翌日から地方を回る、その折に述べよう）初めに、ドイツとデンマークの十字軍に征服され、この国のキリスト教化が始まった。先ほど見た大聖堂も、この時期各地に建てられた教会や要塞《ようさい》の一つである。十六世紀前半まで続いたこの宗教的な支配の影響で、この国では今でもプロテスタント・ルター派が優勢である。それからリヴォニア戦争を経て十六世紀後半から、スウェーデンの支配下に入る。このとき、タリンに初めて地下道がつくられた。そこへはこれから、下町の後で向かう。

ひと気のなかった道を、通学路なのか子どもたちの一群が通り過ぎていく。こちらを見てはにかみながら、振り返り、振り返り、互いを小突きながら走っていく。手を振ると、笑顔と共に手が振り返され、今度は後ろを見ずに走り去っていく。

道はやがて、はっきりと下り坂であることが分かる長い通り、ピックヤルグ(Pikk Jalg——長い足)通りの上に出る。

——ここが中世、旧市街の下町と山の手を結ぶ唯一《ゆいいつ》の通りでした。職人の多かった下町と、貴族階級の多かった山の手とはしょっちゅう諍《いさか》いが起こったので、道に門をつくり、夜になると出入りが出来ないように閉じてしまっていたそうです。で、こっちが後にできた「短い足」(リュヒケヤルグ)通り。名前の通り、坂は急ですが、すぐに下町に着きます。

「長い足」通りの横に、地下へ潜る螺旋《らせん》階段のような抜け道がある。その、人々が呼ぶところの「短い足」通りの急坂を通り、下町へ下りる。

学校帰りなのだろうか、小学校低学年と思《おぼ》しき女の子二人、笑顔をはじけそうにして、私たちが下りて来たその階段を駆け上がる。そのさまがかわいらしくて生き生きとして、木寺さんはうれしそうに何度もシャッターを押す。すると、それに気づいた女の子たちは、親切にも繰り返し階段を上り下りしてくれる。私たちも楽しくなって、立ち止まってその「撮影」に付き合う。が、女の子たちも、そうそう暇ではないらしく、やがて走り去っていってしまった。でも木寺さんは満足そうだ。

——あの塔のてっぺん。

再び歩き出した宮野さんが指さす方向に目を上げると、遥《はる》かに高い塔の上、避雷針のようなものが見える。どれどれ、と、双眼鏡を取り出して見る。

——あ、誰かいる。

風が強い日で、それはくるくると回っているが、明らかに人の形をしているものがそこにいた。

——ええ、トーマスお爺《じい》さん、と言います。風見お爺さんです。

——風見鶏《どり》、じゃなく、風見お爺さん。

——そう、下の建物は旧市庁舎で、建てられたのは一四〇四年、下町の市議会がありました。トーマスお爺さんはくるくる回って、遠くから敵が攻めてくるのが見えたら、下の市議会に知らせる、そういう任務を担《にな》っていたと言われます。

――……それはまた、苛酷《かこく》な。

――このトーマスお爺さんのモデルになったと言われる現実のトーマスさんも、任務は見張りだったといわれています。中世、ギルドは、毎年春のお祭りに、鳥の模型を射落とすってことをしていたんですが、ある年、町の少年トーマス君が飛び入り参加して、見事その鳥を射落としてしまった。この少年は見どころがあるっていうんで、市議会が、今で言う奨学金を出して学校に通わせ、町の防衛の役を担わせます。そこで活躍をして、すっかり有名人になった、それを記念してトーマス像がつくられたっていう話もあります。

六十五メートルもの鐘楼のてっぺんで、一人寒風と孤独に耐えながら市民のために町の見張り番を続けている（人形の）「トーマスお爺さん」は二代目なのだそうだ。一代目は、六百年前から第二次世界大戦のときまで働き続けたが、第二次世界大戦中、アメリカの戦闘機の撃った弾丸が彼のブリキの体を貫通し、引退を余儀なくされ、今は旧市庁舎の地下で展示されている。私たちも地下に下り、接見かなったが、今なお弾丸の跡も生々しい。

私たちは旧市庁舎のあるラエコヤ広場を抜け、坂を下りた後、再び左へ曲がり、ゆるやかな坂を登っている。砦《とりで》の一部、寸胴鍋《ずんどうなべ》のような大きな塔に近づく。両脇《りょうわき》には緑地が広がっている。

——この塔、名前が「台所をのぞけ」！ 命令形なんですよね。

——おお。

——そう、石壁に、古い砲弾痕《こん》があるでしょう、ここも。実際の攻撃と防衛の塔だったんです。高かった。今は盛り土がされて、それほど高くは見えませんけど、当時はきゅーっとこう、もっと高かった。実際、近所の家の台所がのぞけるくらいの高さだったから、というのが一つと、敵の前線を台所にたとえて、「台所をのぞけ」、つまり、前線を偵察せよ、という……。

——「前線を偵察せよ」塔。

——この城壁のずっと北の端にある砦の塔は一番横幅があって、あだ名は「太っちょマルガリータ」。

「台所をのぞけ」塔の付け根のドアを開け、宮野さんが声をかけると、中から待ってましたと言わんばかりに、背の高いご老人が飛び出してきた。

その日、地下通路を案内してくれる、ボランティアの市民ガイド、ヴァイノ・マエ氏だった。初対面ではにこりともしない（第一印象が素っ気ないのはエストニア人に多い特徴かもしれない。後述するように、少し知りあうと違う）、ごく普通の、無愛想なお爺さんだった。ただ、挨拶もそこそこに地下通路の出発点へと向かう途中、道路を渡り公園を横切りして急ぐ足取りの一心不乱さが、尋常では、ややなかった、といえばそうなのだが（これは、後になって、私たちの過密なスケジュールを案じた彼が、とにかく一刻も早く、一つでも多くの情報を、とテープの早回しのように全《すべ》てのことを急いでくれた結果だったのだと分かった）。

私たちが公園のオークの木に実ったまだ青いどんぐりの美しさに見入っていたりする間に、彼は遥か前方を一人で（疾走に近い足取りで）歩き、その姿を見失いそうになって慌《あわ》てて追いかける、ということを繰り返す。途中でやおら立ち止まり、私たちを傍に寄せると、

――考古学者によると、タリンの辺りで一番古く人が生活していた痕跡があるのは、今から八千年から九千年前、ピリタ川の近く。エストニア全体で、一番古いヒトの生活の遺跡は、今から一万年ほど前のものが見つかっている。タリンという町が一番最初に歴史に名を残すのは、一一五四年のことで、それは、アラビアの古文書に残されているんだ。間違いない。それから、十六世紀になると、スウェーデンが旧市街を占領して、この辺りにお濠《ほり》をつくった。こう、ずーっと……。

マエ氏は片手を大きく動かす。

——それも……ロシアの脅威を感じていたからで、その前から、エストニアは外国人勢力にこっぴどくやられている。特にロシア人には紀元……紀元前、九三〇年くらい？　それは、ロシア側の古文書にも残っているのだ。その頃からロシア人にはこてんぱんにやられている。

と、大変力を込めて言っています、と、宮野さんは通訳の後、小声で付け足した。

マエ氏は、これから続く説明の間中、ずっとハイテンションだったが、ロシア、と言うときはとりわけ気分が高揚するようだった。そしてやたらと「ロシア」が出た。それには理由があった。この旅の直前に、ロシアのグルジア侵攻があったのだ。国際社会の抗議にもかかわらずその混乱はまだ続いていた。エストニアもグルジアと同じくロシアと境界を接している国であり、ついこの間、独立したばかりでもあった。「そりゃ、もう、すごいですよ。次は俺たちか？　っていう恐怖。ひしひしと肌で感じます」と、後で宮野さんは話してくれた。「(ロシアは)何をしてくるか分からないやつら」だからと言う、エストニア国民の、先祖代々骨身にしみている恐怖と緊張。今にもエストニア人が大挙して国境に何かつくりそうな勢いを感じた。

――この辺り、お濠だったから、水が、こう――（とさらに腕を動かす）あったわけだが、それだけでは防衛は完全とは言えないわけで、城壁とかがつくられるのは十三世紀の初め、デンマークに支配されていた頃、以降のことなんだが、十六世紀の中頃から後半にかけて、バルト海に進出しようとしたロシアが、リヴォニア戦争を仕掛けた。その前後から、城壁だとか、高い塔だとかもたくさんつくられるようになったんだ。なんせ、ロシアを敵に想定していたからね。このときは直接は戦わなかったがね（実際エストニアが巻き込まれ、デンマーク領からスウェーデン領になるのは、一五六三年に始まった北方七年戦争でのこと）。スウェーデン時代に、またロシアからの攻撃があるかもしれない、それに備えて、防衛力を強くしないといけない。北街道がつくられた。

それだけ説明すると、また、速歩で歩き出す。やがて看板など何もない、崩れかけたような古い石造りの、地下に下りる階段に到達した。彼は相変わらずの速度で階段を下りていく。ドアを開ける。怖《おそ》る怖る後に続く。

――あ、ここ、滑るから足元に注意して。

滲《にじ》み出した水で濡れた階段に、板が敷いてある。工事現場のようだ。ゆっくりと下りていく。

――さあ、今、地下トンネルにいるわけであるが、つくられた当初から、これは地下にあったわけではない。

――え？

辺りが地下の闇に包まれ、明かりと言えば唯一彼の持っている懐中電灯だけ、足元を照らす程度の照明はあるが、そのスイッチとても彼がコントロールしている、という事態になったとき、彼は表情を一変させた。まるで冥界《めいかい》の主のよう、やっと本来の自分に戻ったというかのように、目を見開き、頬を紅潮させてこの地下迷宮ならぬ地下通路の説明に入った。その早口、その熱意。それにもまして舌を巻くのは、通訳の宮野さんがその迫力にも動じず、同じような早口でエストニア語から日本語へ、徹底的に内容を訳していくことだった。このことについては、後でまた触れることにして、彼が話してくれた地下通路の歴史からまず述べよう。

今から約四百年ほど前、タリンがスウェーデン王に統治されていた時代、防衛のため、約四十年を費やし、城壁の堀に沿って（地下ではなく地上に）天井と壁を備えたトンネルのような通路がつくられた。完成するとその上に盛り土をして、結果的に地下道とした。その土を掘り出した場所も、近郊に残っている（今、新しい大きな映画館のあるところ、らしい。が、もちろんどこだか私には分からない）が、その運搬は、近隣のエストニア人農民が動員され、ノルマとして一人当たり一か月に土・六百パックを運ぶことが課された。一パックどのくらいの重さですか、と訊《き》くと、最初マエ氏は四百から五百キロと答え、私が思わず声を上げると、いや、二百から三百ってとこかな、と訂正した。一日に約二十パック、四トンから六トンという計算である。人力ではとても無理、何を使って運んだのですか、と重ねて訊くと、牛車で、と見てきたように即座に答える。車輪が昔は木だったからね、まあ、一パック、二、三百ってとこかなあ、とさりげなく考え込む。

そのときつくられたのがそもそものオリジナル通路で、今のところ整備されているのは全長四百メートルほど、城壁の一部でもある「台所をのぞけ」塔の付近へ上がってくる。全体としては城壁の周囲に沿って三・五キロメートルはあると思われるが、ところどころ埋められており、全容は分かっていない。

その後ペスト（一七一〇年当時、一万人いたタリン市の人口が千九百人にまで激減した）の流行などもあって、地下通路は顧みられなくなり、エストニアもスウェーデンからロシアの支配下に入った。ロシア革命直後の一九一八年、エストニアは独立を宣言するが、これはソ連からほとんど無視されたといっていい状態。けれど、エストニア人の気持ちとしては、そのときすでに「独立」していたのだろう。その思いがずっと続いての、一九八八年、三十万人以上が「歌の原」に集った「歌う革命」、さらに一九九一年の独立「回復」宣言だったのだ（この一連の流れについては、後述する）。

地下通路は一九二〇年代、三〇年代には、路上生活者、今でいうホームレスの人たちに使われ、第二次世界大戦中には防空壕《ごう》の役割も果たした。戦後ソ連軍が駐留するようになったとき、壁をコンクリートで覆ったり、換気口等を設置するなど、だいぶ手を加えたが、独立回復宣言以降、再びホームレスが使うようになった。が、五年ほど前から外部の人間も見学できるよう、内部の清掃と発掘作業を進めている。言わば全面公開に向けて準備中のところを、特別に覗かせてもらったような形だ。けれど、この分だとその「全面公開」がいつになるやら。案じる思いと、観光化してもらいたくない気持ちが微妙に入り混じる。

マエ氏は一通り説明すると、またさっさと歩き出す。そしてふと立ち止まり、

――五年前まで住んでいたホームレスたちの間でささやかれていた噂《うわさ》なんだが、どう

もこの辺り、秘密の通路があるというんだ。

未練いっぱいの手つきで壁のその辺りを指し示す。

——で、穴を開けてみたんだが、何もなかった……。

確かに中途半端《はんぱ》に、ためらい傷、というような穴が開いている。そのもの思いにふけるような顔つきに、思わず吹き出す。

通路の横に急に脇道が現れる。立派な階段で、そっと覗くと、ちゃんと踊り場までできている。マエ氏は、

——そこもコンクリートが詰まっていて、向こう側は土でいっぱいだった。それを丁寧に取り除いたら、そういうものがあったんだ。

話し終わると、大きくうなずいている。重大な発見のようなのだろう。しきりにそこを行ってみろ、と勧めるので行ってみる。素朴なものだが照明設備も付いている。上り坂で緩やかな螺旋の階段状になっており、上っていくとどうやら外部へ通じる道のようである。結構な距離があり息が切れる。だいぶ上がったところで、ふと、誰かが、

——おじさん、上がってきませんねえ。

この長さを熟知していたようで、マエ氏はいっしょに上がってこようとはせず、下

で待っていた。遥か下から、声が聞こえる。見るだけ見たら早く帰ってこい、というようなことを言っているらしい（彼はとにかく先を急いでいる）ので、足元に気をつけながら本線（？）に戻る。くたびれ果てた、というように肩で息をする私たちを満足げに見やりながら、

——この地下道の本当の入口がどこだかは、実はまだ分かっていないんだが、ここは、ホームレスの間でささやかれていた秘密の通路だった。ソ連軍がコンクリートで埋めていた壁を壊したら、現れたんだ。

と、上気した顔で今の脇道の説明をしてくれる。ホームレスのなかに、少年のような冒険心と探求心を残した人たちがあれば、ここは夢のような住居であっただろうし、おそらくマエ氏もそういうことを理解する人であったのだろう、彼がホームレスのことを語るときは、海賊の冒険談を語るような興奮があった。

——この鉄のドアは、

と、通路に唯一付いている頑丈そうなドアを指し、

——ホームレス占拠時代の、前線だった。

——？

——そのドアから向こうは、十年以上ここに棲《す》む、古参のホームレスの縄張りで、ド

アからこっちは新参者や一夜の宿を求める行きずりのホームレスのテリトリーだった。

そのドアの向こうには、ソ連軍駐留時代の厨房《ちゅうぼう》があり、ダクトやオーブンが、いかにも軍仕様の武骨さで未《いま》だに残っている。今も使用に耐えるらしく、寒い冬は暖をとるのに重宝しただろうと思われる。ただでさえ、湿気の多い（濠の横なのだから）底冷えのする地下である。新参者だって、それは使いたいだろう。

――地上では一切分からなかったが、この地下ではすさまじい戦争が繰り広げられ、流血の惨事で、
マエ氏は、自慢の軍談を語る人のように嬉《うれ》しそうで、

――死人も出た。

と、実に満足そうに、彼らの勇猛ぶりに酔いしれるかのようにそこで区切った。無意識のうちに効果を狙《ねら》っていたのかもしれない。私たちはもちろん、「ええーっ」と驚いた。驚いたのはその事実もさることながら、マエ氏の、少年のような昂揚《こうよう》ぶりにもある（蛇足ながら付け加えると、ここで彼の倫理観を云々《うんぬん》するのは的が外れている。彼にとっては、「ホームレス戦争」は平家物語等と同じく、血沸き肉躍る「語り」に属するこの地下通路の歴史となっているのである）。

――死人が出た、というのはどうして分かったんですか。死体が地上にあげられたん

ですか？

――そう。

と、彼はうなずく。

――そのまま地下に置いとくのも具合が悪かったんだろうな。

で、当局が入って、「戦争」の一部始終が明るみに出たらしい。通路の壁面あちらこちらに、脇道を掘ろうとしたような穴の跡があり、

――あれも、これも、
と、マエ氏は、目を少ししょぼつかせ、

――秘密の通路かな、と思って掘りかけたんだが、違った。

その、違った、というところを、実にさりげなく小さな声で呟くので、それが彼の無念さを感じさせ、また独特のユーモアを醸し出し、思わず吹き出してしまう。

地下通路は、つくられたスウェーデン時代、防衛のための多様な目的を期待された、とマエ氏は早口で続ける。攻めてくるロシア軍は、まずこの堅固な城壁を崩そうと地下爆破をもくろむだろうからそれをあらかじめ阻止したり、敵に不意打ちをくらわすため、味方の兵隊を隠しておく塹壕《ざんごう》の役割も。それだけかなあ、と思い、

――こういう隠し通路を設けるときは、女、子どもを安全に外へ逃がすため、という

ようなことも考えられると思うんですが。

と訊くと、

――うん、まあ、第三、第四の目的としては、それもあったかもしれない。なかったともいえないな、うん、というほどのニュアンスでうなずく。まあ、あんまり考えていなかったのだろう。いや、むしろ、今初めてその可能性に思いを巡らしたのだろう。正直な人だった。

通路にはオリジナルの部分も相当残っており、石灰質なのだろう、ある小部屋のような場所には、乳白色の蜜蠟《みつろう》でできた細いろうそくのような突起（鍾乳石《しょうにゅうせき》）が天井から無数に伸びていた。伸びていた、といっても、十センチにも満たない。その近くの、当時から残っているという換気口らしきところを発掘しようと探っていたら、手のひらぐらいの大きさのクモや、コウモリの棲みかになっており、探るのを止《や》めた、とも。え、コウモリたちのために？　と訊くと、マエ氏は黙ってうなずいた。こういうところが、私の短い滞在期間で得た、いかにもこの国の人らしい印象の一つである。国や町や村が活性化するのは嬉しいけれど、決して経済を最優先にしない、暴走しない、という（本当にコウモリたちを慮《おもんぱか》ってのことか、単に気味が悪かったのか、よく分からないが、いずれにしても）。

ホームレスが語り伝えるところによると、もっと多くの秘密の通路があると思われるのだが、通路の壁は大部分コンクリートで固められ、外からは分からない。手探りで発掘を続けている状況なのらしい。見学可能な通路は、ソ連軍厨房の先ぐらいまでで、それから先は床が水浸しになっている。ボートに乗ってなら、行けるようなんだが、とマエ氏。その先もまだまだ続いているのだが、発掘するには予算の関係もあり、全長が結局どのくらいになるのか予測もつかない。

実はその先には、私たちがマエ氏のところを訪れる直前にさしかかった、地下工事中断中の現場の真下があり、そこは「ガス工事をしていたら、偶然地下通路の一部に当たってしまって」、さあ、どうしよう、という状況であるらしかった。長いこと歩いたので、大分深いところにいるような気になっていたが、上ったり下りたりしていたので結局はそんなに深い通路ではないらしい。

もしかしたら、タリン市の地下はすごい迷路になっていたりして、と私が冗談で言うと、マエ氏は真顔で、そうなんだ、とうなずいた。

——十三世紀から十七世紀の終わりにかけて、山の手の家々では、地下二階、三階、果ては二層構造になっている地下までつくられた。今は大部分埋められてしまっているがね。海から攻めてくる敵の攻撃を恐れたんだ。

地下ではそれぞれ、つながっているのかもしれませんね、と言うと、うん、実は、と。

――わしが若い頃、一九五〇年代のことだが、海辺に近い家に下宿していた。あるとき大家さんに、地下にストックしてある固形燃料をとってきて、と言われ、地下に降りたには降りたんだが、そこもまた二層構造になっていて、懐中電灯を持っていなかったからすっかり迷ってしまい、三、四時間も出口を探してさまよった。こんなところで命を落とすのか、と信じられなかった。最後に何とか出てきたんだが、そこは、大家さんのテラスハウスの一番端の家の庭だったんだ。なんでそんなところに穴があったのか全く分からない。

不思議な話だ。

――自分の家の地下に潜ったはずが、遠く離れた他人の家の庭から出てきたんですね。それはどんな穴だったんですか。竪穴《たてあな》だったら、登ってくるのも楽ではなかったでしょう。

――真っ暗で、手探りだったので、周りの様子は分からないが、部分的には階段もあったようだよ。今でもあるのかなあ。

と、ここで、地元の地理に明るい宮野さんに場所の説明をするが、もちろん私にはよく分からない。

機関銃のようなマエ氏の語りについていく宮野さんの通訳もまた当然機関銃のようになり、その二人のおしゃべりに圧倒されつつ、それが嫌な感じでは少しもなく、賛嘆の思いすら湧《わ》いてくるのは、そのおじいさんの地下通路に掛ける情熱と通訳の宮野さんのプロ意識の高さのせいである。彼女は私の質問ももちろんすぐに訳してくれるが、ときに彼がうまく質問の意図を汲《く》み取れず、答えが外れている、と（彼女が自分で）察したときは、その答えをそのまま訳す代わりに、もう一度彼に通じるよう、瞬時に質問をし直すのだった。それもすさまじい速さで。

再び地上に戻ると、マエ氏は地下に下りる前よりはちょっとうちとけて、けれど地下にいたときよりは多少ぎくしゃくとして、その辺り、リンダの丘の説明をし、それから大きく手を振ると、後ろも振り返らず、すたすたと持ち場に戻って行ってしまった。八十七歳なのだという。

「リンダの丘」のリンダは、エストニアの民族叙事詩『カレヴィポエグ』に出てくる、巨人族の英雄カレフの妻の名である。『カレヴィポエグ』によればこのトームペア

――最初に行った旧市街の山の手の部分。海抜四十七メートルほどの丘――全体が、横たわる巨大なカレフの亡骸《なきがら》であった。夫の死を嘆き悲しんだリンダは、彼にふさわしい碑を建てようと決意する。その材料となる石を、エプロンに集めては丘へ運んだ。あと一歩で完成というとき、エプロンの紐《ひも》が切れ、石は転がり落ちた。疲労の極にあったリンダは絶望し、その場に座り込む。涙が頬を伝う。その涙が、タリン市郊外にあるウレミステ湖となり、彼女が築こうとした石塚が現在のトームペア城のもとになった。私たちがガイドのマエ氏と別れた場所は、そのリンダの彫像の前だった。

この旅が終わったある日のこと、『極北の夢』（バリー・ロペス）を読んでいたとき、

「……ケンブリッジの郊外にゴグマゴグと呼ばれる丘がある。伝説によれば、この北からやってきた未開人の軍勢のなかにいた巨人のひとりが、ある若い娘に恋をした。この娘は、彼の野蛮な性格を嫌って求愛をしりぞけた。巨人は悲しみのあまり大地に横たわり、そのまま動かなくなった。そして彼の死体は丘となった、とされている」

という叙述が、前後と（ほとんど）脈絡もなく突然出てきて、たいそう驚いた。たしかにゴグマゴグの丘と呼ばれる丘陵地はケンブリッジ近郊に存在し、私は以前その近くに住んでいたので、丘の上にある公園にも行ったことがあり、そこが鉄器時代からの遺跡であるというのは知っていた。だが、こんな言い伝えは、聞いたことも読んだ

こともなかった。著者のロペスは、どこからこの伝承の情報を得たのだろう。しかし、まさか思いつきで書いたりもしないだろうから、どこかでそういう言い伝えがあると知ったのだろう。北欧に由来する伝説が、当時北海を行き来する船乗りを介して流れ着き、このようなバリエーションを生んだのかもしれない。

それにしても、同じような死に方をする巨人が、一方では英雄となり、妻に恋い慕われ、その墓は聖地のように見なされ、他方では「未開人」で、「野蛮な性格」を思い人にうとまれ、その墓はゴグマゴグの丘と呼ばれる。ゴグ、マゴグという名は、旧約聖書のエゼキエル書、新約聖書のヨハネの黙示録に出てくる。前者では「マゴグの地のゴグ」、後者では「諸国の民、ゴグとマゴグ」と表されているが、両者とも共に神に敵対するイメージを持つ（『ブリタニア列王伝』にも）。

どうも、エストニアの人々は――郡部に行けばもっと際立《きわだ》ってくることに――神秘的でパワフルな「未開」、洗練された「野蛮な情趣」を追求してそれを民族の誇りとしているようなところがあるのだ。それが私にはとても爽快《そうかい》で好ましく、魅力的に映った。

「リンダの像」の下にはプレートがあり、「連れ去られた人々への追悼のために」と記されている。

この像が公園に設置されたのは一九二〇年である。プレートが設置されたのは今定かではないが、それより後のことだろうと宮野さんは言う。ソヴィエト政府による強制連行は、ときに数万人単位になることもあった（一九四一年六月、一九四九年三月に行われた大量強制連行が有名）。犬の死を嘆き悲しむリンダの彫像の前が、その追悼の場になったのは、自然なことだったのだろう。ここにある像自体はレプリカで、本物は美術館にあるという。

その後、車で新市街へ下りた。商業施設が建ち並ぶ大通りをトラムが走り、人々は足早に移動する。生活の活気が感じられる街中。車はすぐに緑濃い一画に差し掛かり、大木の並木のつくる緑陰の下を通り、カドリオルグ公園に到着した。十八世紀初めの北方戦争で勝利し、バルト地方を獲たロシアのピョートル一世が、妻・エカチェリーナのために建てた宮殿がある。「カドリオルグ公園」のカドリは、エカチェリーナをエストニア語風にした名前。カドリオルグで、エカチェリーナの谷。

車を降り、歩いて園内に入ると、色鮮やかな花々で凝ったデザインが施された花壇がいくつも目に入る。庭の向こうに、さほど大きくはないが、瀟洒《しょうしゃ》な宮殿が建っている。後期バロック様式に徹底された、装飾的な邸内を歩いていると、ピョートル一世がいかにヨーロッパ文化に憧《あこが》れ、この、ヨーロッパへの入り口のようなバルト地方を獲たことを喜んでいたかがしみじみと伝わってくる。が、ただ、それだけで、正直に言うと、建物としてはあまり面白くない。確かにきれいだし、精巧だが、感動の伴う美しさではなかった。較べるのは違うとも思うが、先ほどの塹壕のような地下通路の方が私にはよほどエキサイティングなのだった。

宮殿をバックに、庭のあちこちで、ウエディングドレスとタキシード姿のカップル、その親族・友人らしき人々が記念写真を撮っていた。だから、つまり、そういう類《たぐい》の美しさなのだろう。市井《しせい》の善男善女が人生のスタートを祝うに十分な晴れがましさと無難さ。だがやはり、この半日回っただけでこんなに惹《ひ》きつけられているエストニアの魅力とは無縁のもののように感じた。あのロシア正教の派手な寺院と同じように、「浮いて」いる。これから回ることになるエストニアのあちこちでも、北欧やドイツのエッセンスが感じられることはあっても、かつての占領国・ロシアの文化のある部分は、瘡蓋《かさぶた》のようにいつまでも同化せずに、あるいは同化を拒まれ、「浮いて」いた。けれどその瘡蓋もまた、長い年月のうちには、この国に特徴的などこか痛々しく切ない陰影に見えてくるのだろうか。東ヨーロッパのいくつかの国々のように。

「歌の原」は、そのカドリオルグ公園の東に位置する。

入口に、「1869-1969」と刻まれた石碑が建っている。一八六九年に第一回の「歌の祭典」が、タルトゥで始まり、第四回目からは、ここ、タリンに移った。この石碑は百周年の年につくられた。石碑の右奥には、エストニアの国の木であるオークの木が、百本（百周年にちなんで）植えられている。その奥には壁があり、プレートがかかっている。プレートには、それぞれの祭典が何月何日に行われ、参加者は何名であったかということが彫り込まれている。最近では五年に一回の開催になり、現在まで続いている。

ソ連の占領下でも「歌の祭典」は、行われていた。けれど、「ソ連レパートリーが必須《ひっす》となっていて、時代によってはスターリンを褒め讃《たた》える歌とかを歌わなければならなかったそうです。他にも、たとえば党、労働（者）を讃える歌とか、諸民族の友好というソ連のスローガンの下に他民族の歌をアレンジしたものもありました。また合唱のカテゴリーに、普通の男声合唱とか児童合唱とかと並んで、軍の合唱団や炭鉱労働者の合唱団なども挙げられていました」

と、宮野さんは言う。エストニアには、国歌ではないが、第二の国歌ともいわれるほど国民に愛されている「我が祖国は我が愛」という歌がある（新潮社、井上孝夫氏に原文理解の教授をお願いし、訳したものを、巻末に記した）。

作詞は、一八四三年に生まれ一八八六年に没したエストニアの女流詩人、リディア・コイドゥラ。作曲家、グスタフ・エルネサクスによって、一九四四年、戦時下のモスクワで曲がつけられた。それ以前にも別の作曲家による曲はあったが、以降、このバージョンが広く歌われるようになった。が、一九四七年に初めて「歌の祭典」で歌われると、次回からは禁止されるようになる。非常に愛国的で危険だと見なされたのだろう。だが一九六〇年に行われた歌謡祭では、プログラムの最後の曲が終わっても、歌い手たちは舞台を降りようとしなかった。そして、自発的に、禁止されていたこの歌を歌い始めたのだった。当局も、これ以上彼らの思いを抑え続けるのはかえって危険、と判断したのか、黙認扱い。禁止は続いていたものの、次回からは毎回、歌謡祭の最後にこの歌が歌われるようになったという。

そして一九八八年九月十一日に行われた「歌の祭典」ならぬ「エストニアの歌」——そのときのそれは、いわば緊急政治集会的なもの——でも、彼らはそれを歌った。

その日、ソ連からの独立を強く願った国民三十万人が、この「歌の原」に集った。エストニア民族のほぼ三分の一に当たる。この数を思うとき、いつも、深い森の多いこの国の、交通の不便な場所からタリンを目指した人々の強い気持ちを感じる。おそらく生まれて初めてこの首都を訪れた人々も多かっただろう。演説の合間に歌が挟まれる（あるいはその逆、という見方もできよう）、歌とともにあった政治集会であった。これが結果的に民族の独立への気運を高め、一九九一年の独立回復へと繫《つな》がっていく。この無血の独立達成が、歌う革命と言われる所以《ゆえん》である。

　しかし、実際その場所に立つと、え、ここが、あの？　と、半信半疑になるほど、ガランとしたひと気のない草地、グフウンドのようにも見えるが、奥の方に野外ステージらしきものが建っているので、やはり、ここが、そうなのだ、と往時の緊張と興奮を自分の中で想像してみる。その歴史的な「エストニアの歌」から約一年後、一九八九年八月二十三日に、ここ、タリンから隣国ラトビアのリガ、リトアニアのヴィリニュス（バルト三国という言い方もあるが、使わない）に至る六百キロメートル以上、約二百万の人々が手をつなぎ、「人間の鎖」をつくった。スターリンとヒトラーにより五十年前に締結された、この三国のソ連併合を認めた独ソ不可侵条約秘密議定書の存在を国際社会に訴え、暴力に依《よ》らず、静かに抗議の意思を表明するデモンストレーションだった。

　決して猛々《たけだけ》しい人々ではないが、被支配に甘んじて来たわけでもない。

　一九一八年の独立宣言のときも、その前年、それまで彼らを支配していたロシア帝国が革命により転覆、そのごたごたに乗じてかねての思いを遂げたのである。それから数年かけて実質的な独立を成し遂げたものの、それは長く続かず、約二十年後の一九三九年、前述した独ソ不可侵条約により事実上反故《ほご》にされた。が、五十二年後、「人間の鎖」から二年後の一九九一年八月十九日、ソヴィエト連邦八月クーデター事件（ゴルバチョフ軟禁）が起こるや否《いな》や、翌日の二十日にはすばやく独立回復宣言を行っている。強固な独立の意志が常にあったからこそ、勝機ありとみるや、即座に行動に移してきたのだろう。

「歌の原」をあとにして、車は海岸線を走る。向かっているのはピリタ川の川沿いにある十五世紀後半に活動していた修道院の跡だ。名は、ピリタ修道院。ピリタは女性の名前で、スウェーデン風だとビルギッタ、英語風だとブリジット。教会堂が完成したのは一四三六年だが、それから百年も待たずして宗教改革が始まった。その後、一五七七年、リヴォニア戦争でロシア軍によって破壊される。以来廃墟《はいきょ》のまま。実際に使われていた時間より遥かに長い時を、廃墟として過ごしてきた。

前庭には十字架が、まるで茸《きのこ》の、すでに成長し切ったものや今から生えてくるもののように、あるものは縦方向に長く、あるものは頭の先だけ外に出した形で土に埋もれて、やっと両肩がみえるくらいのものも。なぜこんなことになるのだろう。地盤の弱さのせいだろうか。正面に、石造りのファサードと側壁を残し、屋根が失われた教会堂の遺跡がある。高いところで三十五メートル、かなり大きな教会堂だったことが分かる。

廃墟が好きだ。

この廃墟も、屋根のない回廊のすみに、青々とした草が勢いよく茂っていたり、庭一面、青く美しいツルボが花をつけていたりしている。野晒《のざら》しの骸骨《がいこつ》の眼窩《がんか》から、フキがしゅんしゅんのびているような「ものすごし」と「もの寂し」と「浘《たくま》しさ」と「いっそ清々《すがすが》しい」感じが好きなのだ。時間が凝縮されて目の前にある感じ、遠くから風が吹いてくる感じも。

この修道院は、教会堂を中心にして修道士と修道女が分かれて住んでいたらしい。現在残っているのは、教会堂の外回りと、修道女の生活区域の基礎部分のみ。

旧市街とは例の地下道で繋がっているという伝説があるそうだが、確認されてはいない。

夕方、ホテルの部屋に戻る。一旦《いったん》休んで服を着替え、再び集合場所のホテル入口へ向かう。外はもう暗くなっている。編集者の益子原さんは見るからに瀟洒な薄手の短いドレスで北欧の夏の妖精《ようせい》のよう。カメラマンの木寺さんはジャケットを着ている。

――いや、オペラにも行くって言われてたんで、急きょ荷物に入れたんですが……。

この先だんだん、木寺さんが雑貨や身の回りのものに独特のこだわりがあることがわかってくるのだが、私には（あちこちの旅先で彼が妙なものを気に入り、手にするのを幾度となく見た）今となっても、それがどういうコンテキストに貫かれているのか皆目分からない。で、このときのジャケットもそうだった。いくつかの形容詞が浮かぶが、省く。きっと私が疎《うと》いだけで最近の流行はこういうもので、名のあるデザイナーのものなのだろう。

――おかしいですか。

さすがに不安そうだ。けれどここで正直におかしいと言って、誰が幸せになるのか。言葉少なめに頷《うなず》く。

――味わいがありますね。

ドアを開けて外へ出た瞬間、すさまじいばかりの北風にあおられる。木枯らしのようだ。まだ晩夏と言える時期なのに寒さに震えた。小さく悲鳴を上げた盆子原さんの顔色が見る見る白くなり、唇が紫になっているのを見て、私は自分が纏《まと》っていた青い毛織のストールを彼女に巻きつける。ビクトリア朝時代の小説で、主人公の老いた大伯母が、薄いモスリンのドレスに軽いキッドの靴だけで夜会に出かけようという主人公に、何枚ものペティコートを穿《は》かせ分厚いコートを着せかけるくだりを思い出す。

——でも、Nさんは……？

——だいじょうぶ、これ、ニットなんです。

ニットは正式なドレスコードからは外れるのだろうが、黒の薄手のそれのロングワンピースに、鮮やかな色のショールや大判のスカーフを巻いたら、パッと見た目にはそれほど場違いではない。遠目にはニットとは分からない（こともあるだろう、ときには）。何よりいいのは、薄手のニットならくるくる巻いて鞄《かばん》の隅に入れておけば場所もとらないうえに皺《しわ》にもならない。いざとなったらパソコンや割れものの緩衝材にもなる。旅の鞄に一つ入れておけば重宝するのだ。しかもこんな、時期外れに寒い夜、コートなしで外に出ても頼もしい温かさだ。心優しい彼女は遠慮して（迷惑がって）すぐにも返そうとするので、劇場の中に入るまでは、絶対に、かけておきなさい、と、年長の特権を振りかざして厳格な寮母のように申し渡す。だが、このときの判断は正しかったと思う。後の話になるが、この夜から、木寺さんはひどい風邪にかかるのだ。彼に言わせると、あの地下通路ですでにおかしくなってきて、この夜、しっかりこじらせた。けれど私たちは健康そのものだった。旅行中の体調管理は重要なのだ。

これから行くエストニア国立歌劇場は二十世紀初頭に建てられた。劇場そのものの見学も兼ね、この夜はそこでオペラ鑑賞することになっていた。先に述べた叙事詩『カレヴィポエグ』は、フリードリッヒ・R・クロイツヴァルドが民間に語り伝えられていた説話を収集し、一八六二年に発表したエストニア民話の集大成で、フィンランドのカレワラ神話風の作品である。十七、八世紀にヨーロッパで盛んになった啓蒙《けいもう》運動がずっと影響を与え続け、エストニアでもいよいよ高まってきた民族意識が背景にあった。その七年後の一八六九年、初めての「歌の祭典」が開かれており、エストニア国立歌劇場が出来たのはその少し後。文字通り、往時を彷彿《ほうふつ》とさせる歴史的建造物なのである。

ちょうど初日の日。事前の情報では、演目は「ウォーレンバーグ」とのこと。聞き覚えがなかったので、出発前、私よりオペラに詳しそうな周囲の人々に訊いてみたのだが、やはり知っている人はいなかった。最近創作された現代オペラらしい。もしかして、ラウル・ウォーレンバーグのことだろうか、とふと思った。第二次世界大戦中、リトアニアでナチスから迫害されるユダヤ人たちのためにビザを発行し続けた杉原千畝《ちうね》や「シンドラーのリスト」のシンドラーたちのように、彼がユダヤ人救出のために尽力した北欧の人らしいということは知っていたが、私の知識はそこで終っていて、彼の人生について詳しくは知らなかった。けれどそういうことがオペラになりうるのか。ラウル・ウォーレンバーグのことでないかもしれない。全く違う何か別のものかも。そう思って内容についてはそれ以上下調べもする間もなく臨んだのだった。

エストニア国立歌劇場は、至る所に凝った意匠のある、カドリオルグ宮殿とは趣を異にする、味わい深い建物だった。カドリオルグがつるんとして人の思いをはねつける感じなら、「エストニア」は細工の一つ一つが過去の様々な思いを受け止めて存在していた。

ウォーレンバーグとは、やはりラウル・ウォーレンバーグその人のことであった。一九四四年夏に、スウェーデン公使としてブダペストのスウェーデン領事館に赴任した彼は、追い詰められたユダヤ人のため、本来スウェーデン人保護目的のパスポートを当時ナチス政権下で発給し続ける。その傍ら、個人的に親しい個々人のユダヤ人救出にも奔走し、悪名高いヒトラーの部下アイヒマンやソヴィエト秘密警察と交渉しつつ、結局最後はスパイ容疑でソヴィエトに連行され行方不明となる。

脚本はドイツ人、作曲はエストニア人、演出はロシア人。古い劇場ではあるが、二か所にそれぞれ英語とエストニア語で字幕スーパーが出ているところは他の先進諸国の現代的なそれと変わりなく、とても助かる（が、舞台そっちのけでスーパーばかりに釘付《くぎづ》けになりがちなのが、本末転倒で、どうにも悩ましい）。近未来風のモダンな演出でオペラは進むが、何しろ彼のその後についての知識がこちらに全くないものだから、ソヴィエトの精神病院らしき檻《おり》の中でウォーレンバーグが錯乱して自分を見失っているありさまなどを見ても、彼の内的な心象風景をシンボリックに表現しているのか——何せ、プレスリーやミッキーマウス、ドナルドダックたちが被《かぶ》り物で現われたり（アメリカの象徴として、だろう）、最後はヨガの修行者風の男性が舞台に一人で現れ、長時間身をくねらせながら人間存在の苦悩を体現している（のだと思う）斬《ざん》新《しん》さなのだから——、本当にあったことなのか、どう把握していいのか分からぬまま終わった。

あとで調べてみると、七〇年代にソヴィエトの精神病院でしばしば彼を見かけたという目撃談や、シベリアの強制労働収容所にいた、いや、一九四七年に処刑されたという説等があるらしく、どうも確実なところは分からないようなのだ。杉原千畝やシンドラーのその後とは全く違う。知っていていいはずの話だと、調べれば調べるほどそう思われてきて、不明を恥じている。

これはエストニアで初の反ファシズムオペラということで、劇場はほぼ満員だった。

ウォーレンバーグとは何者なのか。誰なのか。

これはオペラの最初からずっと、主人公・ウォーレンバーグに、そして客席の一人一人に舞台上で叫ばれ続けていた問いである。その響きが、未だに心に残っている。そこに助けを求める人がいて、思わず手を差し伸べてしまう。ウォーレンバーグは自分の末路を知っていても、なお同じことをしただろうか。

それは誰にも分からない。ただ、彼がユダヤ人のためにとった超人的な行動は、どうも考えた末のヒューマニズムなどというようなものではなく、目の前で倒れた人を反射的に助けようとするような、やむにやまれぬ衝動だったような気がする。個人の理性や損得感情など、吹き飛んでしまうほどの。それから先、起こったこともまた、押し止《とど》めようのない全体の流れ、動きだったのだろう。

行きは車を使ったが、帰りは歩いて帰った。相変わらず北風は強く、思わず大通りの上空を見上げたのを覚えている。暗い中を雲が速い速度で流れていった。昨夜が南風だったから、この一日で低気圧が通過したということなのだろう。

その後、幾度このときの夜空を思い返しただろう。

あとになってそれが重要な局面であり、場面だったのだと知り、気づかずにいた自分のうかつさに悔しさを通り越して不思議な思いをすることがある。この瞬間も、私の人生の中ではそういうたぐいの瞬間であった。

就寝前、アムステルダムの空港で入手した三冊の本のうち、読みさしの本の続きを読む。"The State of Africa――A History of Fifty Years of Independence"（『アフリカ――この五十年』）。著者のマーティン・メレディス氏は記者としてアフリカで十五年を過ごした英国人ジャーナリスト。アフリカ諸国の、独立時の立役者たち――ガーナのエンクルマ、エジプトのナーサル、アルジェリアのベン・ベラ、セネガルのサンゴール、コートジボワールのウフェボワニ、コンゴ、後のザイールのモブツ……まだ三分の一も読み進んでいない、アミンもボカサもこれからだというのに、すでに全体に流れる欲望の濃厚さ、血なまぐささで気分が悪い。繰り返されるクーデターに謀殺。凄《すさ》まじい勢いで疲弊していく国と泥沼のような貧困。皆、最初は理想を掲げて独立のために戦ったに違いないのに、どうしてこうも簡単に独裁者に、そして神になりたがるのか。そもそも理想と権力欲の間に最初から明確なラインなどなかったのかもしれない。彼らにとっては自分が変節したという意識など、かけらもないのだろう。思わず『闇《やみ》の奥』（コンラッド）と較べてみたりする。が、人の歴史が、支配被支配の繰り返し、でしかない、はずがない、はずだ。けれど詳細な「起こったことの記録」に、辟易《へきえき》を通り越して胃が重くなり、そういうこともあろうかといっしょに買った、あと二冊のうちの一冊、"Out of Poverty"（邦題『世界一大きな問題のシンプルな解き方』として二〇一一年出版）を先に読み始める。著者、ポール・ポラックの明快なハウツー、自らも利を得ながら貧困農民層を豊かにしていく発想に、そんな単純に――いや世の中って案外単純なのかも、と半信半疑ながら、彼の子ども時代のクールな「儲《もう》け話」に、少しバランスを回復したところで就寝。

2

翌早朝、タリンを出発。エストニア人・ウノさんの運転で、エストニアのほぼ中央を貫く道筋、タルトゥ街道を南下する。タリンからタルトゥへ向かう際、昔から利用されてきた古い街道だ。南下、というよりは東よりに走っている街道で、南東に下る、という言い方が一番フィットするが、果たしてそういう言い方があるのかどうか。

車が街から遠ざかるにつれ、次第に家々の間隔が間遠になる。赤いスカーフに長いスカートをはいたおばあさんが腰をかがめ、ぽつんと一人で土に向かっている姿を、遠くから何度も見かける。どういうわけか、そうやって外に出ているのはおばあさんばかり。それぞれの家の前にある小さな畑で、あるいは広い空の下の、広い畑で。

――みんながっしりした、たくましいおばあさん。一人で、ちょっと手入れしているって感じで。

――今はジャガイモの収穫期ですから。こういうところ、畑の真ん中にぽつん、ぽつんと離れて家があるんですよね。エストニア人は、個人主義的な性格の強い、シャイな人たちで、群れるのを嫌うとこがあります。家の周りにも木を植える。防風林、というような実利的な面もありますが、なるべく人目を避けて、周りの人から見えないところに住みたいという気持ちが強いのだそうです。自然が大好きな人たちで、木も大好き。だから町中ですと生け垣が多いですが、田舎では、あんなふうに生長していく木を植えますね。目隠しの意味もあって。

だんだん車窓から家が消えていく。車はさらに郊外へと走り続け、広い畑と、森の断片のようなものだけになっていく。大麦・ライ麦の収穫はすでに終わっており、地平線のほうまで棚状に続く層積雲が、古い洋画の背景のように緑の畑の上に広がっていた。秋が深まる頃には、春まき小麦が一面を金色にするのだそうだ。

この道路は国内でも主要な幹線道路である。他の道路と比べて交通量は多いはずなのだが、車窓に広がる田園風景ののどかさと、適度にほったらかされ、のびのびと茂る草木のせいか、そういう物流の激しい道に特有の、殺気立った、精神的に消耗する感じがない。アスファルトの覆《おお》い具合もおおらかで、路肩まで埋め尽くされていないので、日本の比較的高い山にもありそうな、懐《なつ》かしい野の花――けれどほとんどは、やはり日本にはない――が幾種類もその路肩に咲いていて、それらが車窓を通り過ぎて行くたび、ああ、と思わず振り絞るように声が出てしまう。外国の植物図鑑で長年憧《あこが》れ続けた対象が、認めるや否《いな》や後方に去って行く、そんな切なさに小さく叫んでいたのだが、とうとう我慢が出来なくなり、

――すみません、停めてください。

車を停めてもらい、外へ出た。停めてもらって、よかった。車窓からだと目に入らないような花が、草の中にたくさん隠れていた。道路脇《わき》だというのに、草いきれの混じる空気には、寂しいくらいにひと気がなく、それが潔《いさぎよ》く清々《すがすが》しい。いつも思うのだが、観光のために構えない、こういう何気ない路傍にこそ、その国の自然の本質が現われているような気がしてならない。礼を言って車内に戻り、再出発。

――あ、あれはコウノトリの巣です。

と、宮野さんが指し示す方向にはなるほどいつか写真で見たような大きな巣が、電柱や廃屋の古い煙突のてっぺんで、オブジェのように空に浮かんでいた。けれど、

――どこか食事に出かけてるんでしょうかねえ。巣の中には誰も残っていないようで

すねえ。

この旅でぜひともコウノトリに会いたいと思っていた。コウノトリなんか、その辺にいくらでも歩いているよ、見つけたら教えてあげるよ、というエストニア人運転手、ウノさんの言葉を力強く思いつつ、車窓に張り付くようにして、コウノトリを探す。

自然に話題はコウノトリのことになり、宮野さんは、

——コウノトリはエストニア人にはとても親しみのある鳥で、大雑把に言って、二千羽くらいがアフリカから渡ってくるんですが、毎年同じ相手とカップルを組みます。あるカップルの片割れが、渡って帰る途中どこかで命を落としたらしい、というのが大々的にニュースになっていたこともありました。まずオスが先に帰って巣の状態を整えてメスを迎えるんですけど、あるときたまたま独身のメスが本来の奥さんより早くその巣に入ってしまった。オスはそのメスを追い出しもせず仲良くやっていたんだけれど、奥さんが到着して、まあ、なんということでしょう、と、流血の惨事みたいな凄《すさ》まじい戦いになった。オスはその横で、羽繕いとかして決着がつくのを気長に待ってる。結局元の奥さんが勝って、若いメスを追い出す。そうなってもオスは、別に若いメスの方へ行くということはなくて、あ、あなたになったの、オーケーみたいな感じで、またよりを戻すんだそうです。

――はあ。

細かな差異にこだわらない質《たち》なのだろう。

きらきらと水面《みなも》を輝かせた浅い流れが帯のように続いている。木々の間を縫うようにして、そんな小川が流れている光景が、繰り返し車窓に現れては背後に去っていく。

――今年は雨が多くて、カエルも豊富だったので、コウノトリも餌《えさ》には困らなかったでしょう。いつもその辺、下向いて歩き回って食べてるんですけどね。

巣はいくつも出てくるが、すべて、肝心のコウノトリがいない。親が雛《ひな》に餌をやっているところ等も、普段ならそれほど珍しくもなく目撃されるのだそうである。しかし空っぽでも、巣のある風景は楽しい。

――大きな巣になると、五百キロになるものもあります。代々、同じ巣の上に積み重ねるようにして巣を作っていくので。あ、あれ、あれなんかは五百キロ級ですね。

確かにとんでもなく大きな巣が煙突の上にできている。たいていの電柱は、巣を支えるためか、つっかえ棒がしてある。

――電柱に作られると、ときどき停電とかの原因になったりするので、なんとかそれはやめてもらいたいと当局は対策を練って、彼らがアフリカへ渡っている間に巣を撤去、同じような高さのポールを隣に作ったんですが。

「お移りいただきたい」作戦。

——あまりうまくいかなかったみたいです。

確かに、巣のある電柱の横に、いかにも手持ち無沙汰《ぶさた》なポールが存在感なく立っている図が何度か見られた。設置した側の無念を思うが、コウノトリも大事だし、電気も必要、という人間らしい葛藤《かっとう》がよく出ている。迷惑だから撤去すればいい、という発想に終わらないところがいい。

——コウノトリは人間の生活する近くに住みたがるんですよね。田舎の家では、コウノトリに限らず、カモメとか、鳥が巣を作らないように煙突の上に加工したものを置くことがよくあります。実際問題、使えなくなりますからね、煙突。だけど、新婚家庭の煙突からは、その加工を取ってしまうんです。つまり、コウノトリが巣をかけて、赤ちゃんを運んでこられるように、と。そういう風習なんです。コウノトリって、やっぱり、子孫繁栄と言うか、子宝のイメージがあるんでしょうね。

みな——盆了原さんも木寺さんも——ずっと窓の外をチェックしてくれているが、コウノトリはなかなか現れない。

——おかしいなあ。昨日もタリン—タルトゥ間を往復したが、そのときにはその辺にいくらでもいたのに。

運転しながらウノさんがそう呟《つぶや》いた（と、宮野さんが教えてくれる）。

――例年なら、たくさんいるはずなんですけどね。

――ウノさんの証言によると、少なくとも昨日の日中まではいたんですね。昨夜、一斉に渡ってしまった、とか。

これは軽い冗談のつもりだった。が、長年エストニアに住み、すっかり当地の感覚が身に付いている宮野さんは、真顔で、

――それは早すぎる。絶対にありえません。だめです。そんなに早く渡ってもらっては困ります。

――？

――コウノトリが渡るときって、もういよいよエストニアが暗い冬に入るってときなんです。

ウノさんも運転席から、そうだ、そんなことは考えられない、と言っている（らしい）。そうかそうか、と、エストニアの人たちのコウノトリに寄せる親愛の念と、暗く厳しい冬を脅威に思う気持ちを同時に垣間見《かいまみ》た思いで思わず微笑《ほほえ》み、このときは私にもまだ、そのうち出会えるだろうという余裕があった。

タルトゥは、エストニアの首都・タリンから内陸へ約百八十キロ離れている、エストニア第二の都市である。そして唯一《ゆいいつ》の総合大学のある街でもある。各分野で活躍中の多くがこの大学の出身らしい。同行してくれている通訳の宮野さんも普段はこの町に住み、この大学の言語センターで日本語を教えている。タルトゥ大学は一六三二年に当時のスウェーデン王によって設立された。ちなみに、ドイツやデンマークそしてロシアやソヴィエト連邦などによって、七百年以上を被支配民族として生きざるを得なかったエストニアの人々が、唯一「古き良きスウェーデン時代」といって懐かしむのがこの頃、一五五八年から一七一〇年にかけてのスウェーデン時代である。スウェーデン支配下ではエストニア語が大切にされ、教育にも力が入れられた。その熱意の現れのひとつが、このタルトゥ大学の設立であったのだ。首都タリンが経済の町なら、タルトゥは頭脳の町として知られ、古くから栄えてきた。文字通りの大学町だが、中心地も、一般市民が日常的に生活している。

この、エストニアを斜めに突っ切るような国道を走っていて思ったことだが、他の国々によくあるように、地方の町が荒廃していない。家々の庭も芝が刈られ、花々が力強く咲いている。しっかりと根を張った菩提樹《ぼだいじゅ》の並木、風にそよぐ銀柳等々、木々の緑も美しい。市街地を離れるとすぐに人家が見えなくなる。ぽつん、ぽつんとある農家も、木々に囲まれてなかなか見つからない。畑はよく目にし、(ブラウス、と呼ぶべきだろうか。それにしてはたくましく見える)シャツと着心地のよさそうな長いスカート(赤い色が入っていることが多かった)、頭にスカーフをしたおばあさんが、一心不乱に畑土に向かっている光景をあちこちで見た。曲がった腰の、その位置が、同じような作業をする日本のおばあさんたちより遥《はる》かに高い。それだけ骨太でたくましく豪快に見えた。

車はタルトゥの住宅街に入り、菩提樹の並木の間を通る。初夏には辺り一帯、甘い香りが漂うのだそうだ。宮野さんはこの近くに住んでいる。

——最近、庭にハリネズミが出るんです。

——え。

思わず羨望《せんぼう》の声が漏れる。

——人がいると分かると固くなって、近づいていくと、ポッポッポッポッポッて声を出して威嚇《いかく》するんです。で、いよいよ触られると丸くなる。

——ああ。

しばらく黙ってその図を想像する。

市内を流れるエマユギ川近くにある市場に案内してもらう。エマユギ川は、エストニア語で母なる川の意。

――タルトゥはエマユギ川のアテネと呼ばれています。ユギというのが川という意味ですから、日本語でエマユギ川、というのは意味が重複していてどうも納得がいかないんですが……。

が、日本語での通称がそうなっているので、ここではエマユギ川と呼ぶ。ほとんど起伏のない平野を悠々と流れてきた川は、ロシアとエストニアの国境にある湖に注ぐ。説明を聞きながら、さっと湖を海に見立てて産卵のため川を上ったり孵化《ふか》したら湖へ降りたりする類の魚がいるんだろうな、と想像する。その湖にはピーリッサール（国境島）という島があり、市場の近くの船着き場から船が出ている。漁師もいるに違いない。

市場では、みごとなアンズタケやスグリやスモモに見とれる。宮野さんの生活圏でもあるらしく、売り子のおじさんやおばさんと時折親しそうに言葉をかわす。

――茸《きのこ》はほとんど、あのおばあさんたちが山に行って集めてくるんです。エストニアではブドウができないので、果実酒はスグリやスモモを使ったものが多いです。

大学の敷地内を案内してもらい、食事をとったあと、国立博物館へ向かう。昔からの生活用品、民具や農機具などの、八十五万点もの資料を集めた見応《みごた》えのある展示品に目を奪われる。なかでも豊富な民族衣装の数々を見ていると、エストニアと一口に言っても、細かな違いのある、そして当事者たちにとっては決定的に超えられない差異のある、民族の集合体であるということが分かる。それでも共通して言えることは、キリスト教化される前の彼らには、森羅万象を信仰し、自然とともに生きていた、確固たる日常があったということである。森から糧《かて》を得るときは森の神に許しを請《こ》う。木を伐採するとき、熊《くま》を狩るとき、彼らはその魂に祈りを捧《ささ》げる。太陽はもちろん、月や星、風や水、土や岩などにも魂が宿ると考えていた。母屋《おもや》というのは、ライ麦を脱穀するために天井に干して乾かすためのもの。丸太の一本彫りでつくられた船。海が凍ったらアザラシ漁に出る生活。北の方の人々に共通する生活。なかでも、紀元前一世紀頃の、ペッコというこけしに似た神様の像には興味を覚えた。素朴なこけしの頭の上には、三本の蠟燭《ろうそく》立てのようなものが付いている。各戸家の中に置いてあるが、人には見せない。なんだかオシラサマのようだ。

キリスト教という、一般的にはきわめて人間中心主義的な働きをする宗教が入ってきた後も、そういう森に棲《す》む人々のメンタリティは密《ひそ》かにそして強固に息づいている。そのことは、この旅全般を通して強く印象づけられることになる。

その日の最終目的地はタルトゥからさらに南に下った、ヴォルという町だった。ヴォルは厚い森と隣り合う町で、目指すホテルはその森の一つに囲まれたなかにぽつんとあった。午後遅く、そこに着いた。何しろその日朝早く起き、北の果てタリンから、あちこち寄りながらではあったけれどもずっと車に揺られ南の果てまできたので（エストニア一国の面積が大体九州ほど）、部屋に入ってしばらくはぼうっとしていたのだが、広くとられた窓から外に広がるエゾマツやトドマツの森を見ていると、だんだん、こうしてはいられない、という気になった。

　立ち上がり、ごそごそとスーツケースから長靴とウィンドパーカー、双眼鏡を取り出し、着替えて外へ出る。よほど最初から都会にしか寄らないと分かっている旅以外は必ずスーツケースに長靴を入れておく。スーツケースの容量に比してとてつもなく場所をとるのだが、長靴は意外に現地で調達しにくいのだ。けれど長靴一足あれば湿地から水辺、行動範囲がずいぶん広がる。自然が、足下から立ち上がってくる。どんな見知らぬ場所でも、慣れた長靴さえ履けば、さあこい、と待ち構える気分と、今行くから、と飛び込んでいく気分のミックスした、静かな昂揚感《こうようかん》に満たされる。夕方なので、念のため、懐中電灯も持っていく。

　ホテルの前庭の向こうが、すぐ森になっていた。奥へと続いている、赤い小道が見えている。しかし赤いのはその道の土だけで、木々の根元は厚い緑の苔《こけ》で覆われていた。試みに踏めば足が沈むほどだ。赤と緑。その緑の苔の上には、紅や濃紺のベリーをつけた灌木《かんぼく》がそこここに茂っている。いかにも森の茸といった、ヤマドリタケの仲間が相当数あちこちに見受けられる。

誰もいない森の小道を、一人で歩く充実感は何に喩《たと》えたらいいのだろう。ときどき立ち止まり、遠くでシカの鳴く声を聞いたり、鳥たちが木々の間を騒いで飛んで行くのを見送ったりした。森の気配にもっと浸りたくて、径《みち》を外れ、しっとりと水気を含んだミズゴケを踏みしめながら歩く。やがて泥炭《でいたん》の色をした湿地にさしかかり、そこを行き過ぎると、ちょうどいい椅子《いす》のように倒れた丸太が転がっていた。辺りを見回してから腰を下ろす。しばらくじっとして、森の声に耳を傾ける。ゆっくりと深呼吸して、少しだけ目を閉じる。右斜め前方から、左上へ、それから後方へ、松籟《しょうらい》の音が走っていく。走っていく先へ先へと、私の意識が追いつき世界が彫られていく。北の国独特の乾いた静けさ。

前方のトドマツに、ムクドリほどの大きさの、日本では見かけない鳥が数羽、静かに出たり入ったりしている。どこかで、今度はヤマナラシの木が風にざわめいている……。ピョーと、遠くでシカの鳴く声も響いている。あれは小型そうだから、アカシカだろうか。

　おっと、うかうかしているとまたとんでもないことになる、と、名残惜しかったが立ち上がり、本線の小径に戻り、もう少しだけ、と奥へ向かって歩く。この森に入ったときからいろいろな種類のベリーが散見されたのだが、茸に気を取られ、あまり注意を払わずにいた。が、ここにきて急に、林床が大部分、ベリーの類で覆われ始める。やがて道の向こうに少し広めの舗装道路が見えてきた。そこでいったん切れた小道は、その向こうの森でさらに奥へと続いている。途中で交差しているらしい。舗装道路が森を突っ切っているのだ。だが自動車はほとんど通らないらしく、静かである。自動車の音でない何か、かすかな軋《きし》み音が聞こえていた。近づくにつれ、男の子が一人でスケートボードの練習をしているのだと分かった。道路の舗装部分を利用しているのだ。日本で言ったら小学校三、四年生くらいだろうか。クリストファー・ロビンのよう。思わず見とれるほど、うつくしい男の子だった。近づくと、こんにちは、と、恥ずかしそうに英語でこちらに声をかける。日本の田舎の村を旅しているとき「見知らぬ人にも挨拶《あいさつ》をする」風習に心がほのぼのするような感覚をここでも味わった。私も、こんにちは、と返し、森が一旦《いったん》途切れて林縁になっているところに、ひときわ群生している様々な灌木の実を指して、

――これ、きれいな実ですね。私の国では見かけません。どれがおいしいんでしょう?

と訊《き》いた。男の子はスケートボードを脇に寄せ、近くまでやってきて、大真面目《おおまじめ》な顔でこれとこれがおいしい、これは渋くてだめ、と、詳しく教えてくれた。もちろん全部試食済みなのだ。こういうことは地元の子どもに教授願うのが一番いい。説明が終わると、彼は彼が一番おいしいという種類の実を、丁寧に集め始めた。どうするのかと見ていると、ある程度たまると、はい、とばかりにこちらに手渡してくれる。別にぺらぺらとおしゃべりをするわけではない。あちこち疎《まば》らに生えていて、そう多くはないその種類を、行ったり来たりしながら実直に、黙々と時間をかけて集めてくれるのだった。木漏れ日に輝く金髪。伏せた鳶色《とびいろ》の長いまつげ。

ありがとう、と言って、そのときは別れた。


その夜、ホテルでの夕食のとき、突然、あの少年が室内に入ってきた。向こうもこちらに気づき、「あっ」という口の形をして微笑み、すぐにその年頃らしく恥ずかしそうに目を伏せた。彼の家族のテーブルが、私のいるテーブルのすぐ隣だった。オーナー夫妻も共におり、彼らは皆親戚《しんせき》とのことだった。話してみると、オーナー夫妻は環境や健康に対する意識レベルが高く、そのことをまたこのホテルの魅力として売り出したいとも思っている、誠実で、同時に逞《たくま》しくもある方たちだった。確かに簡素な、けれど内部に流れている空気のとても清々しいホテルだった。自然に配慮し、共生の姿勢を保ちながら、サービスの質も落とさない、という、最近少しずつ（ありがたいことに）増えてきているタイプのホテルだ。私が、今日　日、コウノトリに会えなかった話をすると、そう言えば、昨日までは見かけたが、今日は見ていない、あなた、今日見ましたか、と周りに確認をとってくれ、結局今日は誰も見かけていないということが分かった。渡りの時期とも思えないが、とやはり怪訝《けげん》そう。家の煙突や近くの電信柱に巣をつくられると、嘴《くちばし》をカタカタ鳴らされてひどくうるさいんだけれど、それでもいなくなると寂しい。友人は毎年、彼らが来た日をカレンダーに印していま す。季節の風物詩なんですね……。

話の接《つ》ぎ穂《ほ》に、私は男の子のご両親に、

——本当にいい息子さんですね。

とさっきの出来事を話した。

——まあ、そんなことが。

ご両親は偶然に驚きながらも、にこにこと嬉《うれ》しそうだった。だが男の子はもう、照れ臭くて恥ずかしくて、という風情《ふぜい》。そのようすを見て、自分がひどく無神経で無粋なことをしてしまった気がした。

木寺さんの風邪はこのとき最悪で、見るからに熱っぽく潤《うる》んだ瞳《ひとみ》で、食べているものの味も分からないだろうに夕食を付き合ってくださり、その後皆の勧めもあって早々に部屋へ退散された。盆子原さんと木寺さんはラトビアでの強行軍を終えて、そのままエストニアへ移動してきたのだった。さすがに疲れも出たのだろう。盆子原さんからラトビアの話など聞きながら、この日は終わった。

3

まだ暗いうちに起きられるよう目覚ましをかけ——だが目覚ましは必要なかった——翌早朝、再び長靴を履いて出かけた。今度は本当に一人で森に出会おうと思ったのだった。

森に直接入っていく小道とは違う方角に斜面を下りていくと、浅くはあるが幅のある川が、チョーク・ストリームのような具合で流れているのを昨日のうちに確認していた。

静まり返った館内から外に出ると、まだ夜気の湿気を帯びた空気が冷たい。営業時間外なのだ、そうそうフレンドリーにはしていられないよ、と自然がぶっきらぼうに囁《ささや》いたようで、その冷たさが私を覚醒《かくせい》させた。斜面では慎重に歩を進める。

昼間はそれほど意識しなかったせせらぎの音が、圧倒的に辺りを支配している。岸辺にたどり着き、もう少し明るくなるまで待とうと、近くの岩の上に腰を下ろす。持ってきた紅茶をすする。部屋を出る前、備え付けのポットでお湯を沸かし、小さな携帯用の保温瓶に入れてきたのだ（この小型保温瓶のスーツケースの中での定位置は長靴の中）。湯気が川霧のように手元から立つ。

ここ数日楽しく充実していたけれど、あまりに多くの人々に会っていたので、自分という生体がこういう時間を必要としているのだとしみじみ思う。せせらぎの音に混じって、かすかな鳥のさえずりが聞こえる。春でもないのに込み入ったメロディーのその鳴き声はミソサザイのものだ。大抵の地域では留鳥だが、この辺りでは夏の渡り鳥のはず。そうか、あなたはまだいるのね、と心が温かくなる。コウノトリだって、まだ会えないだけでそのうち会えるかもしれない。旅程は、まだ半分にも来ていない。

明るくなるにつれ、川霧が立ち昇る。ずっと先の方で、何かが川を渡る音がする。小さなシカか、キツネか、それとももっとほかの何かか。

じっとしていると、ときどき自分が人間であることから離れていくような気がする。人が森に在るときは、森もまた人に在る。現実的な相互作用——人の出す二酸化炭素や持ち運ぶ菌等が、森に影響を与え、人もまたフィトンチッド等を受け取る――だけでなく、何か、互いの浸食作用で互いの輪郭が、少し、ぼやけてくるような、そういう個と個の垣根がなくなり、重なるような一瞬がある。生きていくために、そういう一瞬を必要とする人々がいる。人が森を出ても、人の中には森が残る。だんだんそれが減ってくる頃、そういう人々はまた森に帰りたくなるのだろう。自分の中に森を補《ほ》塡《てん》するために。

世界が完全に明るくなりきる前に部屋に帰り、もう一度休んだ。まだ時間がある。初日から強行軍だったので、今日は朝ゆっくりしてお昼前に出発、という盆子原さんの温情である。だがここに着いてからはずっと「ゆっくり」させてもらっている。二度寝をして寝過ごしてはいけないと思い、少し体を休めると出発の時間にはまだあったが、早めにパッキングをすませた。階下に下りると、宮野さんと盆子原さんはすでにロビーで打ち合わせをしていた。私も近くの椅子《いす》に座る。朝、ジョギングを済ませたウノさんが、森で茸狩《きのこが》りの泊まり客たちに大勢出会った、と話していたそうだ。宮野さんも、地元の人たちとよく茸狩りに行くらしく、おいしい茸の種類に詳しかった。今年のエストニアは、雨が多く、近年にない茸の当たり年なのらしい。出発前に今度は皆で森を散歩した。朝、泊まり客たちが採っていったという割には、たくさんの茸が見つかった。「みな、自分の集める茸の種類を一つに決めているんです。それ以外は採らない」。それでも、私も知っており、宮野さんもこれはおいしい茸です、と太鼓判を押すヤマドリタケの仲間が数多く見つかり、最初は「仕事中なのだから」と葛《かっ》藤《とう》があった彼女を、どうせ今日の夜にはご自宅に戻るのでしょう、おみやげに採っていったら、と無理やりのようにすすめると、では、と彼女は本気の目になり、「ナイフが要ります。それから袋」。ナイフは、茸を採るとき石突きの部分を地面に残しておくため柄を切る用意に、なのだそうである。腰をかがめて、一心不乱に袋に茸を入れる姿が、すっかり「森の人」であった。

十一時、車でホテルを発《た》つ。

まずは昼食のため、オテパー近郊の、山の上で青年シェフが一人で経営しているというレストランを目指す。

エストニアは平坦地《へいたんち》が多く、一番高い「山」(実際は丘)でも標高三百十八メートルなのだから、山の上などという言葉は当たらないのかもしれないが、それでも北部に比べると南部は起伏に富み、次々に沼地が現れ、見とれてしまう。ガマの穂が揺れ、ギンヤナギの、メタリックなオリーヴグリーンが北国の弱い日差しにきらめいて水面《みなも》に揺れている。ホテルでのオーナー夫妻との別れ際《ぎわ》、「この辺は山がちだから運転、気をつけるように、なんて言ってたんですよ、山がち、ですって」、と高山の多い新潟出身の宮野さんは、ふふ、かわいらしいではありませんか、というように微笑《ほほえ》むのだった。車に乗っていると、少し坂が多いかな、という程度なのだが、次から次へと現れる小さな湖沼《こしょう》の美しさは息を呑《の》むほどだ。カーブを曲がると突然繊細なすだれのような柳の葉が湖の水面を揺らしていたり、緑の丘が優美なラインを描いて湖へと入る、そのなだらかな緑の面に映る雲の影の荘重さにはっとさせられたり。鏡のように湖に映り込む、すうっと丈高い榛《はん》の木たちの整然とした列も。だが道は確実にだんだん細くなっている。車一台通るのがやっと、未舗装の、真中に草が生えているようなでこぼこした道を、車は行きつ戻りつして、どうも目当てのレストランを探しあぐねているようだ。こんなところに本当にレストランがあるのだろうか。農家の入り口と思《おぼ》しき小道の始まりで車を止めると、ウノさんと宮野さんが、道を訊《き》きに小道の奥の民家に小走りで入っていく。奥にいたおばあさんが出てきて、二人と何やら話している。遠目でも、ちょっと戻ってあっちをこう行って、というような、おばあさんの身ぶりが伝わってくる。やがて二人が帰ってきて車に乗り込む。道、わかりました、と宮野さんが言う。それから、

――あのおばあさんも、ジャガイモ収穫用の袋二つ分、アンズタケを採ってましたよ。

ふふっと口元をゆるませて言う。

小高い丘へ続く小道を上がり、車はついにレストランの敷地に入った。私たちは車を出た。ゆるやかな丘の上にあるその家の敷地から、見渡したところ隣家などどこにも見えない。人口密度があまりにも日本と違うのだ。桁外《けたはず》れに低い。

木寺さん曰《いわ》く、「ブラッド・ピットに似ている」（私はサッカー選手のベッカムに似ていると思った）シェフが、にこにこと私たちを迎えに出て、ここへ、と案内された建物へ入った。手造りの、がっしりしたテーブルが二つ並び、卓上にはすでにセッティングがなされていた。分厚いガラスの水差しに、オレガノやミントなどが入っているのは分かるが、縦に薄くスライスしたキュウリまで入っているのには興味をひかれた（これは別にエストニアで日常的、というわけではなく、彼の独創なのらしい）。縦にスライス、というところが意表をついて面白かった。いただくとほんのりフルーティな、けれど甘くない香りがする。なるほど野菜のキュウリも果物のメロンと同じ瓜《うり》の仲間だった。

ちょっと恥ずかしそうに、若いシェフは自分のレストランの説明を始める。

この建物はもともと、築百年ほど経《た》つ穀物倉庫で、彼の曾々祖父の時代に農奴解放で手に入れた土地（この丘のことだ）に建てられた。彼の年齢はまだ二十代後半、ドイツで働いていたこともあったが、結局生まれ育ったこの家に帰ってきた。この仕事を始めようと、友人の手を借りてリニューアルしたのだそうだ。

チーズやハーブに生ハムをおいた前菜には、マッシュルームも入っていた。生のマッシュルームをサラダに使うのは私も好きでよくすることだが、これにはスモークされた風味がついていた。マッシュルームは、松のチップで燻製《くんせい》にしてみました、と言う。天才的にうまい、というのではないけれど、一つ一つが実直で丁寧。センスのいい友人の家に招かれ、心を込めた食事で歓待されているような気分だ。

前菜が終わると、彼は私たちを外へ招いた。元穀物倉庫の、その簡素なレストランの向かいには、広い芝地を隔て、色鮮やかな花をいっぱいにしたハンギングタイプの植木鉢がいくつもベランダに吊下《つりさ》がっている、しゃれた山小屋風の棟があった。この敷地に入ったときから華やかなそれが目を引いていた。そこは彼の自宅であった。さぞかし奥さんが丹精して、と思っていたら、彼は今、パートナーと別れ、子どもを引き取って一人で育てており、家周りのことも一切彼自身の手になるものなのだそうだ。日中、自分が働きに行ったら子どもが一人になってしまう。いろんな条件を考え合わせ、一番いい選択がここで一日一組限定のレストランをつくるということだった、と言う。料理はどこで習ったのか、と訊くと、自分で本を読んで、と、こともなげに言う。夢を描き、それを実現するための実行力、エネルギーがあるのだろう。料理から案内から、ワインのサーブまで、本当に何もかも一人で仕切るのだ。その間ずっと、なんだか嬉《うれ》しそうににこにこしながら。だから、一日一組が精一杯なんです。これが僕の性に合ってるし。

自宅横の、もともとはジャガイモの冬用貯蔵庫だったという半地下の倉庫（倉庫と言うより、貯蔵穴、と言った雰囲気）を（自分で）改造したワインセラーや、ゆくゆくはゲストハウスにするつもり、という新しく（自分で）改造したコテージの場所へ案内してくれた。私たちをそこへ招き入れると、どうぞご自由に見て回ってください、僕、オーブンからチキンを出さないといけない、と、走るようにして厨房《ちゅうぼう》に戻って行った。見学の時間を計算に入れていたのだろう、ゲストハウスの中は暖かく、暖炉にはまだ火がくすぶっていた。私たちが道に迷ったせいで、予定よりずっと遅れてしまっていたのだが、時間通りなら、きっと勢いよく燃え盛っていたのだろう。

エストニアの人々は、ある程度の日曜大工はみな自分でこなすようなのだ。

自分の興味のないことには明らかに距離を置くウノさんもここは私たちといっしょに見て回り、おやサウナがないねえ、とゲストハウスにチェックを入れつつ（そのことを後でウノさんに指摘されたシェフは、もちろん、リウナもつけます、これから、と大真面目《おおまじめ》に答えていた）壁紙なども詳細に吟味、なかなかのものである、と合格を宣言していた。この旅ではこれから、古い民家を見て回ることも多くあったが、たいていが敷地内にサウナ棟（古びた昔のような小屋であっても）を有していた。長く暗く寒い冬を持つこの国の生活習慣なのだろう。

小学校のグラウンドぐらいありそうな中庭には、大きな木の上に子供用の小屋までつくってあった。その子どもさんはそのとき町に住む母親のところへ行っていて会えなかったが、宮野さんは以前に会ったことがあり、とてもかわいい女の子だという。元々ここは、宮野さんが以前個人的に友人たちと食事に来たレストランで、そのときの印象がとても良く、盆子原さんと相談してこの日の昼食のレストラン、となったらしかった。

――おしゃまさんなんです。しょっちゅう来客があるから客あしらいに慣れていて。私をあの木の上の小屋に招待してくれたんで、ええ、私、登って入りましたけどね。

それから「穀物倉庫」に戻り、用意のできたメインディッシュに舌鼓《したつづみ》を打つ。穀物飼料だけで育てたというチキンは、肉質がしっかりしていて素朴な旨《うま》みがあった。添えてあった茸も近くの森で採ってきたものだそうだ。

デザートまでたっぷりと堪能《たんのう》して礼を言い、そのレストランをあとにすると、次は地元のおばあさん、おじいさんたちの家を訪問することになっていた。森と畑が小さな湖が、次々に車窓に現れ、後方へ消えていく。

最初に訪れることになっている家がなかなか見つからない。

四百年以上続くというその養蜂家《ようほうか》の家を、ようやくのこと探し当て（何しろ人家がないので道の訊きようがなかった）、実直そうなご主人（とそのまた実直そうな愛犬）の出迎えを受け、さっそく彼らの家の歴史や蜂蜜《はちみつ》の製法について説明を聞きながら、家の周囲を歩く。針葉樹の間を縫うように続く小道を指して、

――その先、門の山と言います。スウェーデンとポーランドの国境だったんです。その小道を抜けたら、百二十メートルほどでポーランドに通じていました。

――え？　ポーランド？

――ええ、そう。

長い歴史の中では、そういうこともあったのだろう、と不思議な感慨にとらわれる。

エストニアで養蜂が始まったのは今から一千年ほど前のことらしい。

――最初は自然にできた木のうろに板を打ちつけ、穴を穿《うが》ち、蜂が巣を作りそうな条

件を整えて蜂を飼ってました。それから木に直接穴を開け、人工的にうろを作っていた時代が続いたが、スウェーデン時代に、木に穴をあけることが禁止された。それで、こんなふうなうろのある木を切って、底と屋根をつけ、木の上に置いたんです。四百年前は、この辺いっぱい熊がいて、熊が蜂蜜を狙《ねら》うもんだから。私、ソ連時代、徴兵されて、軍の化学兵器部隊にいました。レニングラードの近くに駐屯していたとき、近くの森に蜂の巣があるのを見つけて、夜中に仲間ととりにいったことがある。化学兵器部隊だったんで装備は完璧《かんぺき》。けど、森の中で人の足音がする。誰だろうとよく見たら、熊だった。そのときは熊の方が私たちの格好に怖《お》じ気《け》づいたのか、逃げていってくれたけど。熊も同じ巣を狙ってきていたんだね。

近代的な化学兵器を扱うための重装備を身に纏《まと》い、不気味に森を移動する人々の目的が、実は甘い蜂蜜だったとは、熊でなくても思いつかないだろう。旧ソヴィエト部隊の奥の深さを思う。

四百年前の巣箱の置いてある木の周囲には、先端の尖《とが》った短い棒が差してあった。養蜂家はそれを指しながら説明する。

――熊はこう、四つん這《ば》いになってやってくる。それで木を上ろうとして立ち上がって二本足になる。そのときにちょうどお尻《しり》の辺りに当たるように、予《あらかじ》め尖った槍《やり》みたいなものを、地面に差しておいとくんです。

――はあ。

――こうぐさっと（と言いながら、腰を低くして身振りをする）。

――はあ。

――で、それにもかかわらず、上ってきた場合。

――……それにも、かかわらず。

――ロープがぶら下がってるでしょう。

――はい。

――あれに、木の切り株とか、尖ったものをぶら下げとくんです。そうすると熊は、上ってる途中じゃまになって、それを片手で払う。ロープにつり下げていますから、それが戻ってくる。また払う。熊って、目の前にあるものについ集中してしまう。それで、途中から自分が何しにきたか忘れちゃって疲れて帰ってしまう。

――おお、完璧ですね……。

蜜を集めるときは、溜《た》まった頃に風向きを見ながら煙でいぶして蜂を混乱させ、そのすきに木のスプーンで採った。この場合のスプーンは、金属製のものではいけない。金属が、蜂蜜のパワーを吸い取るから、と言うのである。当時、今よりも蜂はもっと凶暴で、そういう蜂をコントロールする養蜂家は、神秘的な力を持つと信じられていた。実際、彼らはそれぞれ家族だけに伝わる門外不出の呪文《じゅもん》も持っていた。板を木に打ち付けるときの呪文、蜂を煙に巻くときの呪文、蜜を採るためにスプーンを突っ込むときの呪文、等々である。

この森には、目を洗う泉があります。目を洗う泉？　そう。それも、男用、女用、と二つ。男たちは男たちの泉に行く。この近隣の女性たちの中には、大昔から民間治療に長《た》けたものがいて、体に不調があると、村人はたいていその人のところへ行く。女の泉でなにが行われているか、自分は詳しくは知らないが、儀式のようなことをやって、それで泉の水を治療用に使うようです。そういう女の人って、家系があるのですか。いや、代々親から子へ、というような決まった血筋、っていうのは、ないと思うが、大叔母さんにそういう人がいた、とか、そういうのはありますね。村の中の、どこかにそういう力を持った人が出てくる。昔から、不思議にそうなっているようです。例えば、私の父が戦争から帰ってきたときの話なんだけど、たまたま近隣のそういう能力を持っていた女性が来ていて、父に、おまえはだいたいこういう人生を送って、こういう風に死ぬ、みたいなことを予言したんだそうです。その予言したいくつかの中に、これからしばらくたったらすごい事故に巻き込まれる。すごい事故に巻き込まれるけれども、そのとき体の一部を切断したりするようなことは、絶対するなよって、言ったんだそうです。その数年後、親父《おやじ》は大事故に遭遇して足を数か所骨折し、医者はこれは切断すべきだ、と言ったんだが、親父はこのときの女性の言葉を思い出して、いや、切断だけは絶対にしない、と言い張った。それでタルトゥの病院へ移送されて、この辺では当時珍しい、ボルトで繋《つな》ぐ手術、っていうのをやり、それで、死ぬまで自分の足で歩ける人生を送ることができました。ソ連時代も、そういう人たちは活動できていたんですか。表向きには、そういうことは一切まかりならん、っていう法的なドグマはあったようだが、実際彼女たちに助けられたって人はいっぱいいるわけだし、それを監視しなければならない立場にいる人たちでさえ、いざ何か問題が起きたとなれば、彼女たちのところへ行ったわけで……。ふふ。片目をつむって、薄目を開けて見てたような感じです。なんにせよソ連時代には、建前と実際は違う、ということが、ここでは多かったんです……。

現在はもちろん、箱型の巣箱で蜂を飼い、蜜を集めている。その蜜やローヤルゼリーなどを試食させてもらったあと、おじいさんによく似た七歳くらいのお孫さん——飼い猫を抱きしめ、始終恥ずかしそうな笑みを浮かべつつも、とてもフレンドリーだった——と、元気よく敷地内を闊歩《かっぽ》する飼い犬の雑種犬たちに見送られて車に乗った。

ウノさんが、次の訪問先への道を詳しくおじいさんに訊いている。やがて合点したらしく、車が動きだした。一家に手を振り、私たちはさらに森の奥へ入った。

細い小道だ。両側からさしかける木々の枝が、パシパシと、かなり大きい音を立てて車に当たり続けている。針葉樹と広葉樹の混交林。木々の根元には、しっとりとした緑の苔《こけ》と吹き溜まった薄茶色の枯れ葉がまだら模様に広がっている。いったいこれから先に人家があるのだろうか。そう思っていると、木々が両側から少し遠ざかり、車は緩やかな坂に差し掛かった。突然、前方に鮮やかな赤い服を着たおばあさんが現れた。

――あ、あの人かな。

盆子原さんが呟《つぶや》き、スピードを落とした車の窓からウノさんがおばあさんに声をかける。おばあさんが何か返す。

――あ、ここです。

宮野さんがそう言い、車はそこから更に小道に入り、入るとそこは民家の庭になっていた。車を降り、辺りを見回す。深まる秋に向かおうとする木々の乾いた葉っぱが、穏やかな風に吹かれ、いっせいに鈴が鳴るような音を立てた。思わず、深呼吸する。

ずいぶん深い森なのだった。

おばあさんは（たぶん）よく来たわね、というような、そして私たちは今日はありがとうございます、というようなニュアンスを互いに笑顔に漂わせる。こちらにどうぞ、と、母屋《おもや》の横についた、コンサーヴァトリのようなところへ案内される。中に入りながら、ふと景色に目をやり、思わず声を上げる。静かな、美しい湖が目の前に広がっていた。

――ここはヤルベマエと言われているところです。

ヤルベマエ、で、湖の丘という意味です、と宮野さんが注釈を加える。

――さて。

と、「湖の丘荘」の女主人、茸採り名人のおばあさんは、私たちを改めて眺める。客を迎えて少し昂揚《こうよう》している、もてなしたい思いにあふれた、温かい笑顔だ。

――これから、この森で採れる茸の話をしてほしいわけね。

そうです、と盆子原さんと私は、声を揃《そろ》える。気持ちのいい野外教室が開かれようとしているようで、二人ともすっかりわくわくと生徒気分だ。

――本当なら、いっしょに森の中を歩いて茸を見ながら話すのが一番なんだけどね。あなたがた、時間がないのね。

ああ、私だって、ほんとうにそうできたら！　お腹《なか》が減っているのに目の前でごちそうを見せられただけで引っ込められるような、恨めしい気持ち。畚子原さんは、ええ、そうなんです、と、残念だけど譲れない、という断固とした表情で頷《うなず》く。じゃ、まあ、しょうがないわね、と茸採り名人は、写真を取り出し、

――これが、おいしい茸です。

茸の写真だ。イタリアでポルチーニ、フランスでセップと呼ばれるヤマドリタケだ。

――おいしい茸、ですね。

畚子原さんと私は、その明快な説明がうれしくてにこにこしながらまたも異口同音に繰り返す。

――そう。ポラビク。日本にもある？　どうやって食べる？

――日本には、似た仲間はありますが、全く同じものはないんです。

日本にあるのはヤマドリタケモドキである。ヤマドリタケは、ロシア、ヨーロッパの人々にとっては日本のマツタケに相当する。食品店やスーパーには、よくヤマドリタケ風味のインスタントスープや、乾燥ヤマドリタケ（ポルチーニ）を見かける。

――それは残念ね。ではこれは？　こちらではクケセーンというの。

シャントレル、日本のアンズタケだ。

――あります。

好物である。胸を張って答える。

――ではこれは？

次の写真を見て、心底驚く。全く見たことがない。タマゴタケともベニテングタケとも違う、少し青の入った真っ赤――まるで濡《ぬ》れた蠟《ろう》のような質感――に、真っすぐで真っ白な柄。

――うーん、私は、見たことないです。

私の反応に茸名人は満足げに、

――これはピルビク。シラカバ林や湿原によく生えるのよ。

名人はそれから、ホウキタケの仲間、テングタケの仲間、イグチの仲間、等々、説明していったあと、ある写真を指し、

――これが私の思うに一番おいしい茸。でも、目立たないから、よほど詳しい人じゃないと森の中を素通りしていってしまう。

この言葉に、付かず離れず、私たちの周りにいたウノさんが、もう我慢できない、というようにさっと近づき、どれどれ、と写真に見入る。

実はこの日昼食をとったあのオーベルジュで、予定を遥《はる》かに上回る時間を費やしてしまっていた（それは私には十分楽しめるひとときだったが、盆子原さんにとっては気が気ではなかっただろう）。そのとき、次の料理を待ちながら、シャイなウノさんが珍しく茸に関する蘊蓄《うんちく》を滔々《とうとう》と披瀝《ひれき》してくれたのだった。たぶん、山道を迷っているうちに、大袋に茸をいっぱい詰めた、スカーフのおばあさんたちに何人も会ったことが、彼の茸熱を高めていたのだと思う。ウノさんは、タリン生まれのタリン育ちだが、都会のタリンでも、少し郊外に行くと茸がいっぱい採れる。ウノさんは小さい頃から茸採りが好きだった。お気に入りの茸は、クーセリーシカス（日本でいうと、ハツタケをオレンジ色にした感じ。チチタケ属）。「だいたい、茸ってのは、こっちへ来るな、危ないから、って立て札があるところにあるんだ」「あ、日本もそんな感じ」「クーセリーシカスはスグリの木によく出てきてね、それか、朽ちかけた倒木に若木が生えてきている、そんなところによく出る（こんなことまで話してくれたところをみると、私たちが茸採りにおいて競合する相手ではないと油断したのだろう）。あれは、アク抜きする必要もないんだ。塩を多めにまぶして瓶に詰め、出てくる水を沸騰《ふっとう》させて瓶に戻し、真空の状態を保つ。そうやって、三年もののクーセリーシカスだって食べたことがあるよ……」

――ふうむ。

ウノさんは名人の示す写真に頷かない。「僕はそうは思わないがね」「そう？」「これなんか好きだね」「これ？　これは、汚染物質を吸収してくれる茸でもあるから、食べるときは茹《ゆ》で溢《こぼ》さないといけないよ」「そんな必要ないよ、塩漬けにすれば、毒の成分は出て行くはずさ」「それは危ないよ。茹でないといけない。タルトゥの大学教授が言っていたけれど、都市から五十キロ以内のところに生えているのは、ほんとうは食べない方がいいのさ」

ウノさんは、頬を少し紅潮させたまま、苦笑して黙り込んでしまった。名人のあまりのパワーに押し切られた感じである。宮野さんが、ウノさんは基本的にシティ・ボーイですから、こういうおばあさんたちには少し弱いようですね、と二人の横で冷静にコメントする。

そういえば、タリンの街を出たのは、昨日の朝だったのだ。そのことが信じられない。タリンにいたときはいたときで、他の国にはない「エストニア」独自の空気を感じ取っていたつもりだったが、こうやってどんどん内陸へ入って行くと、その森と古代から中世の気配の濃厚さに圧倒されるようで、タリンというところはエストニアの中では本当に突出した、それをもってしてエストニア全体を語るなんてことは絶対にできない、「都会」だったのだとしみじみ思う。

さっきから、盆子原さんが時計を見ながらそわそわしている。名人は、

――さあ、お茶でも入れましょうか。ケーキを食べていってもらわなきゃ。

――いえ、本当に残念なんですけど、私たち、これからまだ行かなくちゃいけないところがあるので。本当に、残念なんですけど。

そう言って、立ち上がる。私も渋々、あとについて立ち上がる。

――なんてこと。じゃあ、せめてこれだけは見ていってもらわないと。

名人はそそくさと何かを取り出した。盆子原さんは困った表情だ。よほど時間が押しているのだろう（あとでそれは私にも分かった）。

――これよ。

名人が自信満々に取り出したのは、なんと、赤い砂だった。ロシアの人たちとのツアーで行った、サハラ砂漠の砂なのだという。名人にはきっと、その辺にある茸の話より、この方がよほど希少価値もあり、私たちの後学のためになると思ったのだろう。

一瞬私たちは顔を見合わせ、それから丁寧にお礼を言って、「湖の丘荘」を辞した。

茸採り名人は、私たちの車のあとを、数歩追うようにして止まり、手を振った。その

姿が消えるまで、私たちも手を振り続けた。

この日は最後に「蛭《ひる》」で民間治療をするというおじいさんの家を訪ねることになっていた。日本でも市井《しせい》で瘀血《おけつ》を蛭に吸い出させて治療する人々がいたことを知っていたので、そういう話が聞けるのだろうと期待していた。森の中、相変わらず細い小道をどこまでも入っていく。街灯などこの辺りには一つもない。夜はさぞかし真っ暗だろう。そう思っていると、道は最後に或《あ》る二階家に行き着き、ようやく車は止まった。焦《こ》げ茶色《ちゃいろ》の犬が嬉しそうに駆け寄り、迎えてくれた。八十一歳だというおじいさんは、私たちを治療小屋の前にしつらえてある椅子に座らせた。

――こりゃわしの母方のじいさんが（十九世紀のことだ）始めた治療だ、少なくとも百五十年の伝統が、この蛭治療にはあるんだな。農奴解放されたあと、彼に七十ヘクタールの農地が手に入った頃だな。蛭はすごいぞ。心臓発作、脳梗塞《こうそく》、それからいろんな炎症のたぐい、腹痛、頭痛、喉《のど》の痛み、頭が痛けりゃ、こうやって頭に乗っければ（手にした蛭を頭にのせる）痛みは飛んでいくんだ。

――うーん？

私も盆子原さんも一斉に首をひねる。

――「乗っける」だけ？　「乗っける」だけなんだ……。

　私が思わず呟くと、通訳したばかりの宮野さんもこちらを振り返り、流暢《りゅうちょう》なマシンガンのような「通訳用発声」をちょっと低めの地声にした。

――普通、血を吸いますよね、蛭……。

――血、吸いますよね、蛭治療だと……。

――乗っけて、勝手に吸わせる？

　互いに目を見合わせながら、こそこそと冷静に囁き合う。その間もおじいさんはこちらにまったく頓着《とんちゃく》せず、実に愉快そうに、止めどなくしゃべり続ける。

　後ろの棚には、ラベルの張られたガラス瓶が無造作に並んでいる。その中に、長いの短いの、太いの細いのさまざまな蛭が一匹ずつ閉じ込められている。もともとはジャムの空き瓶らしく、大きさがまちまちだ。それぞれのラベルには、年月日と思われる数字と、エストニア文字が書いてある。一番近くにあったラベルの数字を読む。二〇〇六年七月十五日？　そう、二〇〇六年七月十五日に血を吸った。誰かの血を吸った。人間なんて、一日三食食べないともたないだろう。だがたとえばこの蛭は……。

そういって、おじいさんはその瓶を取り上げる。二年前に一度、食事をしたきりだ。蛭は二年以上、食事をしなくても生きていける。この瓶は、全部、全部、全部、ぜーんぶ、私の患者のそれぞれの専用の蛭なんだ（私は今、このとき盆子原さんが録《と》ってくれていたテープを聴きながら、これを書いている。宮野さんの通訳では「全部全部全部ぜーんぶ」、と確かに叫んでいる）。じゃあ、その名前は血を吸われた人の……。そうだ。

あー名前なんだ、と盆子原さんが悲鳴のような声を上げる。この蛭たちは、村人のかかりつけドクターならぬかかりつけ蛭、この瓶は、ボトルキープならぬ、蛭キープのためのものだったのだ。おじいさんは手にした蛭を腕に這わせている。蛭はバネ人形のように先端と末端を交互に着地させながら巨大な尺取り虫のようにおじいさんの腕を移動している。

おじいさんのとぎれないおしゃべりはさらに加速し、声も大きくなり、宮野さんは幾度か通訳しようと、口を開け数語発するが、そのたびに、自分の名調子に釘《くぎ》を刺されまいとするおじいさんの怒濤《どとう》のような言葉の波にかき消されてしまう。宮野さんがここ数日通訳してきた人の中では一番手強《てごわ》いかもしれない。他の人々はいくらおしゃべりでも、宮野さんが通訳している間は静かにして、次にしゃべりだすタイミングをはかってくれた。だがこのおじいさんは、宮野さんが日本語をしゃべっていようがいまいが、変わらぬマイペースの上機嫌で話し続ける。おじいさんは、後ろを向いて、引き出しを開け、何やら乾涸《ひから》びたものを取り出す。これは蛭を乾かしたもの、そしてこれはイモリの黒焼き。蛭が怖けりゃ、これを煎《せん》じて飲めば、治療完了だ。

医者のいない森の奥の村では、こういう民間治療の知恵が豊富だったのだろう。けれど、魔女の呪術に出てくるような「イモリの黒焼き」。煎じて飲むほか、粉にして飲む。ベッド・インするまえに、二人で飲めば、カップルは幸せ、夫婦は円満、ひゃーひゃっひゃっひゃ。

盆子原さんの表情に影が射《さ》してくるのが分かる。おじいさんの飼い犬は土間の向こうの方で、立ち上がったり座ったりしながら、落ち着かぬ様子でこちらをじっと見ている。なんだかすまなさそうな顔をしている。ほら、あの犬、なんかすっかり、すみませんねえ、という顔してますよ。そう言うと、みんな犬の方を見て、ほんとだ、とすっかりエネルギーを吸い取られたような声で力なく笑う。あ、腕に……盆子原さんの指差すところを見れば、おじいさんの腕の蛭の這ったあとに、判で押したようなマークがついていた。メルセデス・ベンツのマークみたい。その言葉の意味はおじいさんに届いたらしく、相好を崩しながら、そうなんだ、この蛭が這った後にはメルセデス・ベンツのマークがつくんだ、ほら、と言いながら、盆子原さんに蛭を渡そうとする。私は息をのんでその光景を見守った。自分で言うのは何だが、こういうとき、私は剛胆な方である。ミミズや蛭の類《たぐ》いにいちいち悲鳴を上げていては山歩きはできない。だが、こんな華奢《きやしや》なお嬢さんの盆子原さんにそんなものを、と思っていたら、盆子原さんはさして慌《あわ》てもせず、それを手のひらで受けた。この旅の後も、私は彼女といくつかの仕事をするのだが、その間、彼女が現場でいかに体を張って職務を全うしようとする人か、思い知らされてきた。そしてこれはその、ごく軽めの方のエピソードとなった。が、感嘆しているのもつかの間、ほれ、とおじいさんは別の蛭を取り出して、私にも渡した。手のひらに受ける。宮野さんにも。蛭は先端をアンテナのように大きく振りながら、着地地点を探している。おじいさんは、あの独特の笑い声を響かせながら、私たちの手の上で這う蛭の先端に自分の手をくっつけ、上に引く。蛭は信じられないくらい、長く長く伸びる。さすがにその気味の悪さに私たちは声を上げる。おじいさんはこの上なく楽しそうに高笑いをする。犬は耳を伏せ、ひたすら恐縮している……。

それからおじいさんはやおら黒髪の女性の写真を取り出し、この粉末を飲んだら、このような黒髪になれる、エストニア人でも日本人のような黒髪に、と言い、首をひねる私たちにひゃーひゃっひゃっひゃっひゃと愉快そうに笑う。そしてまた別の一組の写真を取り出した。

「この近くに、ラブロードというところがある」「え?」写真には仲の良さそうなカップルの笑顔。「わしは今まで百三十何組かを結びつけた」「え? 仲人《なこうど》ってこと?」「まあそんなもんかな。そのうち離婚したのはたった七組」おじいさんは自信満々だ。「ラブロードに来たカップルはまずこういうものを被《かぶ》らされる」変な帽子のようなものである。それから紙芝居のように、次々に展開する場面の写真を見せながら、「この湖に遊びにきた若い男女のラブ・ストーリー」を語り始めた。簡単に説明すれば、ここでの「施療」後、一晩を過ごしたカップルのラブラブ日記、である。不妊治療にでも役立つのだろうか。こういう施療で使う「謎《なぞ》の薬」は、とおじいさんは陳列を始める。先ほどのイモリ等の黒焼き、干物、ならびにビーバーの「体の一部」、性器含む。何かの液体。それは万能薬で、毛のないところにもそれを塗込めば、「もっさもっさと」(宮野さんはこう訳した)生えてくる。合間合間に、ご機嫌な「ひゃーひゃっひゃっひゃ」が入る。私たちはもうすっかりあきれ果て、木寺さんは少し離れたところで苦虫をかみつぶしたような顔をして風景の写真を撮り続け、ウノさんは自分はこの一件には一切関知しない、という態度で遥か向こう、湖畔の逍遥《しょうよう》を続けており、犬は、ああ、ごめんなさい、ごめんなさいと言わんばかりの表情で身の置き所もないという風情《ふぜい》。

もう、行きましょう、と切りのいいところで盆子原さんが宣言し、私たちは友好的に挨拶《あいさつ》を交わした。去り際、車に乗ろうとするとき、盆子原さんは、

――Nさん、ここのことは忘れてください。

と呟いた。なんでこんなことに時間を費やしてしまったのか、という憤懣《ふんまん》やるかたない思いの表明でもあったのだろう。

――エロじじいっすよ。

木寺さんが不愉快そうに言い捨てた。

ああ、つまり、そういうことなのだろうな、と納得する反面、私はこのおじいさんの存在をそう無下に否定しておしまいにする気にもなれなかった。心の底では、実はみんなそうだったのではないかと思う。あまりにも圧倒的な存在感だったので目を丸くしてしまった体ではあったが。あきれながらも、どこかで受け入れている。

原生に近い、深い森に本気でかかわろうと思えば、野放図な性的エネルギーの存在を無視することはできない。自分自身が活性化する思い出になるような体験だったらいいが、もっと興ざめするような形で、あるいは深刻な形で、そういうものやそういうものの痕跡《こんせき》に出会うことだってあり得た。性にまつわるものでも、そうでないものでも、野卑や下品は、世界ぜんたいの豊かさを深める陰影のようなもの。そこだけ取

り去ることはできない。未知の世界に足を踏み入れる以上、それはいつだって覚悟しておかなければならない。そうでなければ、旅全体の印象をそういうことに乗っ取られかねない。楽しめるものなら楽しまなければ。こんな微笑ましい形で（現に未《いま》だに私たちの間では「あの蛭爺《じい》さんったら」と話題に出る）、しかも困ったり憤慨したりあっけにとられたりする盆子原さんの豊かな表情や、何を言われても右から左へと通訳し続ける宮野さんの無表情さに吹き出したり、共感し合ったりしながら、このひとときを過ごせたのは、やはり恵まれていたのだ、この旅は。今も思い起こしながら、そう感謝している。

いくら盆子原さんに「忘れてください」と言われても、やっぱり忘れられるものではなかった。

――世界中、どこにでもいるんだ、ああいう爺さん。

誰かの言葉に、皆大きくうなずいた。エストニアとて例外は許されない、普遍的な存在、なのだろう。

車に乗って、森を抜け、しばらく走るとやがて見晴らしのいい場所へ出た。

――あ、あれは虹《にじ》？

誰かの声がして、窓の外を見れば草原の向こう、遠くの山の方から、虹が出ていた。

ウノさんが車を止め、皆で外に出て、短いけれど、澄んだ空気のせいかその鮮やかな彩《いろど》りに感嘆した。翳《かげ》る前の、少しセピア色の入った日差しが柔らかく世界を包んでいた。木寺さんが盛んにシャッターを切った。これ、タイトルページになるかも、と盆子原さんが呟き、事実、このときの写真がその後原稿の掲載された雑誌のタイトルページを飾ることになった。

車窓の向こうを流れる風景が、次第に暮色の中に沈んでいく。
次のホテルは、エストニア南西の町、バルト海に面したパルヌにあった。休まずに車を走らせても、今からだと着くのは夜の十一時頃。宮野さんは明日の大学の授業に出なければならないから、と、前々から途中のヴィリヤンディで車を降り、夜行バスで帰ることを宣言していたのだが、自宅のある町に着いてからも更に寂しい夜道を歩かねばならないと聞き——しかもバスの出発時刻までまだ一時間あるという——とりあえず今夜は一緒にホテルに泊まるよう、皆で説得した。が、どこまでも合理的な彼女は、今ここより更に自宅から遠いホテル（私たちのその日の宿泊予定地は彼女の住むタルトゥとは反対の方角にあった）に泊まったところで結局また無駄に往復せねばならないだけのことだ、と主張を続け、逆に説得された。

若い頃異国を旅していて、真夜中に見知らぬ土地にたどり着いたときの心細い感じが私の中で甦《よみがえ》り、それが宮野さんに重なって（彼女自身はけろりとしていたのだが）妙に感傷的になっていた。けれど考えてみれば、私もその頃は別に気負うことなく一人旅をしていた。真夜中に目的地に着いたら、それは確かに困ったことだが、その時点で最善のことをすればいい、と割り切っていた。幸か不幸か事実それでなんとかなってきた。途中で出会った年上の知人が、なんともいえない心配そうな顔をして私を見送ってくれていたのを思い出し、ようやく彼女たちの気持ちが分かった気がした。

そういう個人的な事情とは別に、宮野さんの仕事ぶりに皆感銘を受け、そのさばさばとして有能なところと折々見せる（仕事に関しての）頑固さと（素朴に照れたりする）かわいらしさのギャップがなんとも魅力的で、私たちは皆、彼女に好感を持っており、単純に別れがたかったこともある。

宮野さんに劣らず有能な編集者の盆子原さんは、大学の仕事を休んでこちらの仕事を続けてもらえないか、と（いう厚かましいこと）までこっそりと彼女に頼んでいた。好感を持っていたから、というだけではなく――宮野さんにこれから出会う土地の人たちの話を媒介してもらえば、この仕事の実りは遥かに豊かなものになるだろう、という盆子原さんの（今までのキャリアで培《つちか》った直感による）確信が、彼女の眼の奥に鋭く光るのが見て取れた——私も実際、同じ思いだった。

　が、宮野さんはそういう私たちの情にも計算にも流されず、淡々と自分の「予定」を実行していった。ウノさんにヴィリヤンディのバスターミナルで停まってもらい、降りて、車外の人となった。暗くて閑散としたバスターミナルで、走り去る私たちの車に向かって大きくペン型の懐中電灯を振る彼女を、なんとも寂しい思いで見つめた。その懐中電灯は、別れ際、私が彼女に渡したものであった。帰りの夜道を歩くとき、暴漢に襲われそうになったらまずその電灯を最大限明るくして相手の目に向けること、相手がひるんだら、持っている荷物を全部その場に置いて走って逃げること。そのために前もって最小限の貴重品はポケットに移しておく。それから何だったか、今は直接必要でないようなことまで聞かれもしないのに滔々としゃべり続けた。もしもイスラム圏の国を一人で旅行するようなことになったら、必ず左手の薬指に安物でもおもちゃでもいいから指輪をしておく。指輪がなかったら、チョコレートの銀紙やアルミニウムを含んだ使い捨ての薬袋などを長方形に切り、細く折って薬指に巻き、リング状になるよう端を始末する（これが見事に指輪に見える）。経済上の理由から、なんとか日本女性と懇《ねんご》ろになってあわよくば日本へ行きたいと思っている異国の男性は結構多いのである。だが既婚女性と分かれば（こちらは宗教上の理由からか）敬意を持って接してもらえる（イスラム圏では、の話である）。左薬指に指輪。もう、これだけで劇的に旅の煩《わずら》わしさが少なくなる……。女性の一人旅は制約もめんどうなことも多いが、そういう先輩の女性たちから旅先で伝え聞いた様々な「知っておいて損はない」コツのいくつか。こういう「伝承」の申し送りは、機会あるごとにしておかなければ、とちょうど思っていたところだった。

車はもうすっかり闇《やみ》に包まれたエストニア南部を西の海辺に向け疾走している。街灯すらない、漆黒の闇だ。野山なのか、郊外なのかすら分からない。

ホテルでとるはずであった夕食の時間にはとっくに間に合わない。ホテルには、明日以降通訳してくれることになっているエストニア人女性がずっと待っているはずだ。

そんなこんなで、私は開き直ったような気分になり、車内の暗さに乗じて、「今まで見聞きした奇妙で不思議で怖い話」を話し続けた。実は私は怪談話が得意なのだった。けれどもうずいぶん長い間やったことがなかった。話が佳境に入るにつれ、車内はいかにも怪談話をしているようなぞくぞくする空気に満ちてきた。日常とは全くかけ離れた時間、空間がそこにあった。怪談話とはそういう時空間を現出させる仕掛けなのである。

今から考えると、この先そのホテルで体験したことのすべては、このときの怪談話の余韻のなかで起こったことのような気もする。

盆子原さんが「鳥肌が立ってきた」と腕をさすった。そのとき、さっきから町に入っていた車の窓に、不気味にライトアップされた古い建物が現れた。彼女はちらりとそれを見て、「(今夜のホテルが)こんなところだったらどうしよう」と呟いた。すると車は急に減速し、あろうことかその屋敷の門の前で停まった。ウノさんが盆子原さんに何か話しかけ、盆子原さんの顔色が文字通り蒼《あお》ざめた。小さな声で、ここらしいです、と、私たちに告げると、急に仕事に専念する女性の顔になって、つまり泣き言を言わず覚悟をきめて、車を降り、夜の闇の中を単身、建物の内部に乗り込んでいった。フロントに確かめに出かけたのだろう。

残された私と木寺さんは、半信半疑ながら、のろのろと降りてとりあえず荷物を下ろす。

二十世紀初めに建てられた、ジャコビアン様式の重々しい建物であった。ホールは薄暗い照明の中、高い天井が更に二階までの吹き抜けになっているのが見て取れた。フロントはその片隅にあった。壁のあちこちには古いマナーハウスによくあるように、剝製《はくせい》にされた動物たちの頭部が飾ってあった。薄暗い照明で、その一つ一つに不気味な影が差している。緻密《ちみつ》な細工と荒々しい力が共存するオーク材のインテリア。こういう雰囲気は本来嫌いではないのだが、何しろさっきまでの私たちのムードにマッチし過ぎていた。皆、表情が強張っている。木寺さんは入るなり、「ホーンテッドマンション、そのものじゃないっすか」、と思わず叫んだ。その声が、客は私たちしかいない広くて高い天井に響く。今の英語の部分、フロントはキャッチしたかな、と様子を窺《うかが》う。動揺は見えない。もしかしたら彼らもそう思っていたのかもしれない。昼間見たらスリムでかっこいいに違いないホテルマンも、なんだか異様にスキニーで、照明のせいか目の周りの隈《くま》が強調されて見えた。「この人、怖いです」と盆子原さんが下を向いて呟く。そのホテルマンからそれぞれ古めかしく重々しいルーム・キーをもらう。タリンのホテルでのカード・キーからすると、信じられない厚みと重みと存在感だ。私の手のひらいっぱいある。細工のすり減った古い木片に刻まれたルーム番号を見て内心驚く。十三番、なのだ。こんなことがあるだろうか。

声をひそめながらギシギシいう広い階段を上り、同じ階のそれぞれの部屋に入る。私の部屋は、電灯をフルにつけても薄暗く、入った瞬間、何か寒々した気配を感じた。奥のスペースに昔風の攀《よ》じ上るように高いベッドが二つ、並んでいる。その真ん中辺りの壁に掛かっている絵を見たとき、思わず声を上げそうになった。乾いた血のような色一色だけで素描のように描かれた、物憂《ものう》げな女の顔が――まるでムンクか何かのような不気味さで――こちらを見ていたのだ。未だかつてこんな気味悪い絵の掛かっている部屋に泊まったことはなかった。バスルームを覗《のぞ》いてみると、壁四面、ちょうど目線の辺りの高さにぐるりと鏡が張られており、合わせ鏡が二組できて、暗い照明の中、それが不気味な相乗効果を生んでいた。

部屋の外へ出ると、ちょうど盆子原さんと木寺さんに出会った。私の部屋が十三番、ということで関心を持ってくれていた彼女らは、どうでしたか、部屋、替わりましょうか、と心配そうに言ってくださる。もともとホテルとしてではなく、資産家の私宅として建てられていたので、それぞれ部屋のデザインが違う。絵のことは言わずに、どんなお部屋か見せてください、とお二人の部屋をのぞきに行った。私の部屋より遥かに照明が明るく、邪気がなく見えたのでちょっと安心する。私の部屋は、そうですね、今夜はやめておきましょう、と思わせぶりに気を持たせ、一階のダイニングルームで皆と軽い食事をとった。そのとき、これからお世話になるエストニア人のカトレさん――まだ二十代前半と思われる、ジーンズにスニーカー姿の感じのいいお嬢さんだった――が、一人で昼過ぎからずっとこの屋敷で私たちを待っていた、それがとても怖かった、というようなことを、初対面の遠慮勝ちな口調ながら、思わず漏らしたとき、皆心から同情したものだった。

いよいよ部屋で一人になる。私は思い出してバッグから花束を取り出した。ホテルを出るとき、私の植物好きを知ったオーナー夫人から、野の花（ホテルの周りの森で摘んだという）をブーケにしたものをいただいていたのだ。それを、部屋にあった花瓶に活《い》け、旧式の大きな三面鏡の前に置いた。それだけで、部屋の雰囲気はずいぶん良くなったように思えた。

それから、絵の女性としみじみ見つめ合う。やっぱりだめだ。ベッドに寝ると、斜め下に当たる私の顔を、夜中に見下ろされていそうだった。申し訳ありませんけれど、と呟きながら、額に両手をかけ、外そうとした。外したその瞬間、また声を上げそうになった。何とそこには、卵大の真っ黒な穴が、口を開けていたのだった。この向こうに何があるというのだろう。この穴に見つめられるのがいいか、あの女性に見つめられるのがいいか。なまじっかな想像力のせいで、眠れそうもなかった。シャワーを浴びていると、映画の「サイコ」の一場面を思い出さずにはいられなかった。

とりあえずテレビをつける。コメディタッチのドラマが、皆目分からないエストニア語で繰り広げられている。これだって見ようによっては不気味だが、音がないよりまだましだった。悶々《もんもん》とした末、くしゃくしゃにした紙で穴をふさぐことを思いつき、花束を包んであった紙を詰める。ようやくほっとし、スーツケースから本を取り、ベッドに入った。読みかけのアフリカの本を読んでいる間、辺りはアフリカで、それはそれで気の重い世界だったのだが、本から顔を上げたとき、現実に——非現実に、だろうか——引き戻され、アフリカからエストニア十九世紀に急速に意識が組み替えられていく感じに目眩《めまい》がした。テレビを消し、無理やり就寝。

朝になり、絵を壁に掛け直し、私は何となく、彼女をアメリア、と呼んだ。すると少しまた気配が違ったように思った。

4

朝食の席では皆、昨夜はよく眠れなかった、人の歩く足音があちこちからして、と口々に言い合う。ヨーロッパの古い家屋敷は配管の具合で不審な音がすることがあるが、この国の人であるカトレさんまで、しました、しました、と声をそろえているので、やはり、確かに何か変だったのだろう（私の部屋でもいろいろな音がしていたが、そんなこと、あの絵や穴の前では当たり前のように思えたので、それ自体には恐怖を感じなかった）。盆子原さんも、テレビを一晩中つけていました、と言う。私はあの絵の話はしないでおこうかと思ったが、後日このことを話題にしたとき、やはり証人もいた方がいいかも、と思い、実は、と切り出した。

その日私たちはホテルから取材に出かけ、夕方もう一度このホテルに帰ってくることになっていた。盆子原さんは、ホテルに言って、今夜の部屋を替えてもらいましょう、と勧めてくれたが、もう何となくアメリアと気脈が通じそうな気もしていたので、だいじょうぶですよ、と虚勢を張った。だが夜見てもらうよりも明るい今の方がショックも少なくて済むかも、と出発前、部屋に彼らを招き入れた。絵を見た瞬間、皆から小さな悲鳴が上がる。アメリア、っていうのよ、私がそう呼んでるだけなんだけど、と私は出来るだけ見せもののように扱わないよう、彼女の気を悪くしないよう、紹介する。でね、と、彼女の絵を外してみせる。皆が息をのむ。木寺さんが、「おいしい！」を連発し、盛んにシャッターを切る。私の使用範囲にない言葉の使い方だったが、彼の恐怖と「仕事の充実」が昂揚感《こうようかん》いっぱいに伝わってきた（その後この日の夜、彼に起こることを考えれば、思えばアメリアはここで少し、気分を害したのかもしれない）。夜中にこんなものを見つけて、よく静かにしていられましたね、と変な尊敬のされ方をした。静かにしていた、わけではないのだが……。

華奢《きゃしゃ》で少女のような盆子原さんは、しかし豪胆なところもあり、無造作に近寄り穴の中に手を突っ込んで、私の度肝を抜いた。私にはあんな勇気はない。なんだか柔らかいです、と気味悪そうに言う。それからアメリアの絵をしみじみ見て、一九一七年、って書いてありますね、と冷静にコメントした。何としたことか、私はそれに気づいていなかった。見れば作者の名も何もない絵の、下の方に数字だけが一九一七、と記されていた。これ、ロシアの二月革命の年……と思わず呟《つぶや》いた。その年、暴徒と化した革命軍が、ロシア各地で地主階級に対し、残虐《ざんぎゃく》な仕打ちをした、と本で読んだことがあった。ここは長い間、ロシアやソ連の支配下にあった土地だった。

その宿泊していたホテルの部屋の窓は、船室のそれのように丸くて分厚かった。広めのバスルームの壁、目線の当たるところに帯状にぐるりと張ってある鏡の中には無数の「私」がいるが、よく見れば誰か一人、にやりと笑っているかもしれない。違う人物が紛れ込んでいるかもしれない。アールヌーボーを意識した装飾からは、「シャイニング」のホテルを連想もした。

しかしこれは畢竟《ひっきょう》、私のそういうものの知識や、読んだもの、見たものの記憶が、現実をどんどん膨らませていっているのだ。人は（私はまた特に）物語を求める動物であり、そして、このホテルは、言わば「物語性」に溢《あふ》れたホテルだったのである。怖い反面、どこか嬉《うれ》しくてたまらない、というところもある。けれど、あまりに出来過ぎている気もする。私の職業を事前に知ったホテル側が「サービスの一環」として、わざと「十三号室」にしたのではないか、という可能性も全くないわけではないだろう……私自身が陥った、こういう疑心暗鬼もまた、ホラー映画的ではないか。

で、そのことを盆子原さんに「……ということはありえないでしょうか」とひそひそ訊《き》いてみたら、いや、それはないでしょう、と言下に否定されたので（彼女はその確信の根拠をいくつか述べ、それは私にも納得できるものだった）、心おきなく「不思議に浸る」ことにしたのだった。

お化け屋敷のように書いてしまったが、このホテルはそもそも、この地方屈指の格式あるホテルだった。一九〇四年、裕福なリネン商人が愛娘《まなむすめ》の結婚のために贅《ぜい》を凝らして建てた。特徴的なのは、不自然なほど高い塔が一つだけ、左右のバランスを欠いてついているところである。一番上には、四方に窓のある明るい小部屋があり、そこではたった一組だけのテーブル席がある。食事やお茶ができるらしいが、トレイを持って延々上がるウェイターたちはさぞ大変だろう。文字通り四方八方が見渡せる、当時は近隣で一番高い見晴し塔で、商品を満載した船がやってくるのをいち早く知るため、とか、ロシア軍が攻めてきたらすぐ分かるように、等いろいろな用途があったらしい。その後国際情勢が危うくなり、商人の一族は、そのもともとの出身地であるところのドイツへ帰国した。それからソ連軍に接収され、病院になったり、将校のためのカジノとして使われたりした後、ホテルとしてリニューアルされ、現在に至る。表向きの「歴史」はそこまでしか公表されていないが、さぞかし、いろいろな事件や人間模様があったのではないかと思われる。

けれど、建物というものは、人の誕生や死、歓喜や悲哀の記憶をその歴史に抱え込んでこそ、味わい深く、独特の風格を帯びてくるものなのである。そしてその風格は、(人の個性に二つと同じものがないように)それぞれ違う。

日本の東京、小金井の江戸東京たてもの園に、高橋是清《これきよ》邸が移築されている。二・二六事件で、就寝中の当主が惨殺《ざんさつ》された二階も含め、見学することができる。ここへは何度か足を運んだが、そしてそのたび高橋邸の二階へも行ったが、禍々《まがまが》しい気配を感じたことは一度もない。彼の端正な生活ぶりが時を経ても波動のように伝わってくる、そういう落ち着きの中に、その悲劇がしかるべき濃さの陰影となって、家の風格を増しているがごとくなのである。その落ち着きに、何と言うか、厳粛な趣が加わっているのだ。

幽霊つきで売り出される英国の屋敷は高値がつく、というのも「物語性」に価値を置く人間がいるからこそだろう。

その日、少し離れた取材先の島から夕方部屋へ帰って、すぐにレストランへ出かける準備をした。エストニアに詳しい日本人の山口さんもタリンから来てくださり、取材の打ち合わせも兼ねた夕食の席で確認する予定の資料を探す。それがなかなか見つからない。昨夜その資料をここで見た記憶があるから、どこかに忘れてきたというようなことはないはずなのだ。皆が階下で待ってくれている、もう、しようがない、間に合わない、と諦《あきら》めようとしたそのとき、私の使っていたベッドとは違う方のベッドの、反対側の床にそれが落ちているのを目の端でキャッチした。私が昨夜夢遊病のように歩き回らない限り、そんなところにその資料が落ちている可能性は、まずなかった。

なぜだろう、それを彼女の「いたずら」と（もちろんその前に、自分が健忘症の上、単に見落としていた、と）とってもいいはずなのだが、私はそれを、アメリアの親切、と受け取った。それで、大急ぎでその資料を拾い、部屋を出ようとしながら、絵の中の彼女に向かって、「ありがとう、アメリア！」とにっこり笑って手を振った。

すると、驚いたことに、部屋の右端から左端、美しい鈴の音がいくつもシャラシャラと鳴った。あまりにきれいなので、私は急いでいるのも忘れてしばらく呆然《ぼうぜん》とした。これもまた、配管の具合か何かかもしれないが、それまでそんな音がしたことはなかった。夕食の準備に着替えたとき、アンティーク調の垂れるタイプのイヤリングをつけた。どうもそれが気に入ってもらえたような気がして仕方がないのだが、もとより確証はない。

レストランで食事を済ました後ホテルに戻り、今はそれぞれサロンルームのようになっている、個性的な階下の部屋を見て回った。その部屋の一つで、私たちはこの建物を建てた一家の家族写真を見つけた。立派なひげを蓄えた、いかにも恰幅《かっぷく》のいい商人といった当主、実直そうな夫人、これからどういう運命をたどるのか、男の子や女の子。この子かしら、いや、この男の子のお嫁さんかも、と、「アメリア」のモデルらしき人を探したが、よく分からなかった。絵の中のアメリアは憔悴《しょうすい》しているようにも、物憂《ものう》げにも見えた。室内装飾のコンセプトがアールヌーボーなら、この絵のアメリアだって、その線のコレクションの一つとして館内にあったのかもしれない。実際のところはきっと、何かの拍子に壁に穴が開いてしまった、とりあえず館内にある絵でふさいでおこう、ということだったのだろうと思う。もしかして、盗聴器とかが仕掛けてある？　まさか。もっと上手にできるでしょう。

そういうことを話しながら、二階へ向かう階段を上った。吹き抜けのために、二階は内廊下が回廊になっている。外向きについたバルコニーへ向かって大きなフランス窓が開く、そのちょっとしたスペースに、やはり年代物の机があり、その上に、どういうわけかまったく不似合いな現代の利器、コンピューターが置いてあった。インターネットがすぐに使える状態になっている。カトレさんは、それを見つけるとすぐに、何かを調べ始めた。昼間、地元の人からごちそうになった、自分たちで漁をして燻製《くんせい》にしたという魚の種類を確認するためだった。おもしろい魚、名前はヴィンバ・ヴィンバって言ってましたよねえ……と言いながら、使い慣れないパソコンであろうに、頼もしくもあれこれ探してくれている。薄暗い中、そこの一画だけがひどく現代的で、彼女がてきぱきとキーを操作する音が妙に鮮明に辺りに響く。カメラマンの木寺さんは、じゃ、僕はこれで、おやすみなさい、と三階へ向かう。私たちも階段を上がる彼に挨拶《あいさつ》し、また視線を画面に戻す。しばらくしてバタバタ階段を下りてくる音がした。

――あのう……怖いんですけど。

振り向くと、先ほど三階へ上って行ったばかりの木寺さんが、膝《ひざ》を曲げ、腰を落とし、脅《おび》えた表情でこちらに訴えていた。一斉に、どうした、何があった、と口々に訊けば、彼が三階に上がり着いた途端に、何か変な音が聞こえてきた、どうしたんだろう、どこだろう、と思いながらも、自分の部屋に近づけば近づくほど、音はますます大きくなる。これはもしや、と、いや増す不安に耐えながら、思い切ってドアを開けると、まさしく自分の部屋のどこかから、今までに聞いたこともない怖《おそ》ろしい音がしていた、というのだ。

体格の立派な、なよなよとしたところのない木寺さんが、今にも泣き出さんばかりなのが、事態の異常さを物語っていた。すわ、とばかり、私たちは二階へ行き、私たちと離れたところのソファで仕事（だと思う）をしていた山口さんも騒ぎを聞きつけて、後に続いた。ドアを開け放した木寺さんの部屋から（閉める余裕がなかったのだろう）は、確かにすさまじい音がしている。ビヨーン、ビトーン、とも、クイーン、グワーンともつかない、聞いたことのない音が、大音量でなんとも開放感いっぱいに、この、普段はスプーン一本落としても音が響くかのように深閑としたホテルに鳴り響いていた。強いて言えば、太い金属製のゴムを（そんなものがあれば）、思い切り弾《はじ》き続けている、というような音だった。

思いもつかない、信じられない事態だった。

——木寺さん、どこかに仔豚《こぶた》隠してるでしょう！

山口さんが冗談とも本気ともつかない声で叫ぶ。怖いやらおかしいやらで、立っていられないほど笑いがこみ上げてきて、私はそこでうずくまった。そうしているうちに、あのスキニーなホテルマンも駆けつけてきて、あっけにとられながらも、どうやらパネルヒーターがおかしくなったらしい、と処置をしてくれた。音はようやく静かになった。

――でも、僕、そんなとこ、全くいじってませんよ。

未だショックのさめやらぬ木寺さんは、泣きそうな顔で言う。よっぽど部屋を替わってあげようかと思ったが、それもまた彼には迷惑なことだろうと黙っていた。よくあることなんですか、とホテルマンに訊くと、いや、えー、ないです、あまり、うん、とよく分からない返事をした。初めてだったのだと思う。

――僕、(アメリアに) 嫌われたんだろうか。

と肩を落とす木寺さんに、いや、愛されてるんじゃないでしょうか、からかわれているって感じですし、と慰めにもならない慰めを言って、その晩は終わった。

――実はあのホテルには地元で有名な伝説があって。

と、翌日、移動の車の中でカトレさんが切り出した。え? どうしてそれをもっと早く、と言わんばかりの勢いで、私たちは身を乗り出して彼女の話に聞き入った。

ホテルから歩いてすぐのところに、遠くラトビアに続く、バルト海に面した、白い砂浜がある。泳ぐのが好きだった、あの屋敷の令嬢は、夏になると毎日のように泳ぎに行った。しかしある日の午後、彼女は出かけて行ったきり、帰ってこなかった。来る日も来る日も捜索は続けられたが、行方は依然として知れなかった。彼女の母親は、あの塔の上に籠《こも》って、一か月間、海を見続けた。娘が帰ってくるのを待っていたのである。しかしその日はとうとう訪れなかった。令嬢は二十一歳だった。

時の流れは非情だ。華やかな日々も、当時皆が知っていて、けれど口をつぐまざるを得なかっただろう悲惨な事件も、百年も経《た》てば誰も覚えている人はいない。ただその空間を抱きかかえて建つ建物だけが、時折ため息のように、往時の夢を見るのだろう。

一九一七年から、アメリアがずっとあの屋敷にいるのだとしたら、私たちのいた三日間をどう思っただろう。楽しい記憶として、残ってくれていたらいいのだけれど。

パルヌ滞在中の中日《なかび》に取材に行ったのは、そこから西の沖合にある島、キヒヌ島である。昔からの衣食住、生活様式が保たれている、ということで有名な島である。その独特の民謡でも。本当に不思議な島です、と、ここを知る人のほとんどが口をそろえる。

5

朝八時にホテルを出発、パルヌ近郊のムナライトの港から、十時に出港するフェリーに車ごと乗った。乗船を待っている間、港周辺の、海なのに葦原《あしはら》が続く不思議な海岸風景に目が奪われて仕方がなかった(この「不思議」は後に解明されるのだが)。

雲は多いものの、よく晴れて穏やかなバルト海を渡り、約一時間ほどでキヒヌ島の港に着く。島は縦七キロ、横三・五キロ、面積は十六平方キロメートル。私たちが訪れた時点で人口は五百五十人、五十一世帯で、ほとんどが知り合いだそうだ。

港からまず、島の小学校へ向かった。ここの小学校の教師をしている方に、案内を頼んでいたのだ。ちょうど入学式が行われているときで、そのようすもついでに見学したら、と言われていた。

山のない島だが、海風の方向のせいで傾《かし》いだ樹木や、そういう樹木の間を縫うようについている草だらけの道、悠々と雲の浮かぶ広い空が、昔の洋画を見ているような、自分自身が体験したいつかを見ているような、不思議なデジャヴュを起こさせた。

小学校は木造平屋建て。中に入ると、中央部分がホールになっていて、周りを教室が取り囲むような構造の、ちょっと大きな集会所といった印象を与える建物だった。

ホールに並べられた椅子《いす》に、ずらりと座った子どもたちの前で、校長先生といった風情《ふぜい》の女性教師が、二人の生徒を横に立たせて彼らを紹介している様子。二人の生徒はどうやら転入生らしい。周りに立っている父兄とともに、私たちもそれを見守る。ずっと聞いているうちに、なんだか自分もこの学校に転校してきた生徒のような気分になる。もちろん話されている言葉はエストニア語だ。あの転校生たちは、たぶんエストニア語が分かるのだろうが、他国から親の仕事の都合で転校せざるを得なくなった子どもたちだって、きっといたに違いない。先生の言っていることがまるで分からない。周りで囁《ささや》かれる言葉もまるで分からない。まるで見知らぬ星に一人降り立った宇宙人のような心細さ。端っこの席を指して先生がうなずくので、ひとまずそこに座る（転校してきた子どもたちが）。次に前年度の表彰式のような具合になる。優等賞か何かだろう。名前が呼ばれるたび、頬を紅潮させた女の子や男の子が立ち上がり、先生から賞状を受け取る。学校生活を送ったことが無いわけではないから、たぶんこんなことだろうな、という察しはつく。だが言葉が皆目分からない。ホールの高い天井近くに、ずらりと並んだ明かり取りの窓から明るい陽が差して、ここで行われていることを離人症的に体験しているような、現実からどんどん離れて行くような心もとなさ。

いつの間にか私はすっかり、「親の都合で海外の学校へ転校した子どもたち」の、最初の日の不安を疑似体験してしまっていた。親も新しい職場で戦っているのだろうが、子どもはそれ以上に不安で寄る辺ない思いで新しい環境に飛び込まざるを得ない。日本の商社等が世界中至る所に進出している現在、そういうことが、地球上のあちこちで起こっているのだろうな、と改めて感慨に浸る。異国の地で日本人の子どもたちに会ったとき、そういうことを思ったことはないでもない。けれど自分自身が今、まるで分からないエストニア語での日常にふと放り込まれたような状況になって、（たとえば）英語を勉強する余裕も無いままに転校せざるを得なかった子どもたちの切実さが初めて真に迫ったものに感じられた。そういう知人の子どもたちの面影が胸をよぎり、切なくなって困った。

やがて子どもたちがいくつかの歌を歌い始める。その歌声の見事さ。中の数人が、「外国人が見学しているようだけれど、ふむふむ感激しておるな」、というようにちらちらとこちらを確認している。式は終わり、子どもたちはガタガタと椅子を周囲の教室へ移動させ始めた。案内をしてくれることになっているマレさんが、笑顔で近づいてくる。

このマレさんもそうだが、学校の女性教師たち、そして女子生徒はすべて、赤や黄色の暖色系統の縦縞《たてじま》のスカートをはいている。一目見て民族衣装と分かる。

――近くの教会をまず、案内しましょうか。

最初にエストニア人たちがキヒヌ島にやってきたのは一三八六年。農耕のためだった。十六世紀までは島民は皆カソリックだったが、十八世紀の終わり頃にはルター派に変わる。木造の教会はその頃に建立《こんりゅう》。一八四八年ロシア正教に改宗。なので、教会の外見はロシア正教っぽくはない。素朴な村の教会。内部には百年以上前から使われていたという、鉄製の重々しい暖房器具が残っている。

——皆、日曜日は教会に来ます。島民は信仰深い人々が多いです。

出入り口の近くに、教会の管理をしている女性が、温かな好奇心の発露というふうな目の輝きと頬の紅潮をもって椅子に座り、こちらを見ている。もちろん彼女もスカーフ、縦縞のスカートを着用している。

その彼女に会釈《えしゃく》して教会を出る。

いい天気だ。雲の動きで上空を風が機嫌良く走っているのが分かる。

私たちは車に乗り、南の端の灯台を目指す。

道の脇《わき》には灌木《かんぼく》や、高くても細いひょろひょろとした木が所在なげに風に吹かれている風景が続く。

——島もだんだん人口が少なくなっていて……。農耕に従事する人も当然少なくなって、打ち捨てられて荒れた畑には、ジュニパー（ネズ）が生えてきたりして、だんだん自然に戻って行くんですね。

島の端から端まで車でゆっくり走っても十五分ほど。

——島は四つの村に分かれています。スウェーデン村、リネン村、サーレギュラ村。

レムシー村、です。

灯台のある岬の先には、ラトビアに続く穏やかなバルト海が広がっていた。海岸には大きな岩がぽつんぽつんとあり、寂しげなジュニパーの灌木がそこここに生えている。

――二月、三月にはアザラシが仔《こ》を産みに上陸してきます。アザラシ漁は、油が貴重だった島の、伝統的な漁だったのですが、一九八〇年に禁止されました。復活してほしいと思っている島民は多いです。ハイイロアザラシ漁は、フィンランド、スウェーデンでは禁止されていないのです。

風はあるがそれほど強くない。素朴な灯台は一八六四年に建てられ、つい十年ほど前まで手動で動かされていたという。私たちが説明を受けている間、ツノさんはずっと遠く、ラトビアの方角を見つめていた。

空き家になった昔からの家を、民具資料館みたいにしているところがあるから、そこへ行ってみましょう、というマレさんの提案で、再び車に乗る。道々、

――ほら、あそこの家のドアには棒が立てかけてあるでしょう。

そう言って、小道の奥に立っている家のドアを指す。

――ええ。

――あれは、あそこの家の人が留守だという印なんです。ああしておけば、道の奥に引っ込んだ家でも、遠くから留守だと分かるから、わざわざ時間を無駄にして訪ねる手間が省けるでしょう。

――みなそうしているんですか。

――ええ。みな、それぞれの家の「棒」を持ってます。家にいるときは、あの棒をドアのわきの壁に立てかけておきます。

合理的でしょ、というように、マレさんは口の端を上げて微笑《ほほえ》んだけれど、そして確かに合理的だけれど、それは人の悪意を全く想定しないところに立脚する合理性なのである。私たちの住む社会ではもう使えない。

キヒヌ島には警察官はいない。必要がないから。カナダのプリンスエドワード島も、規模は大きいが同じような平和な島だった。が、大陸との間を結ぶ橋ができ、車での往来が頻繁になると、あっという間に（殺人事件を含む）島内の犯罪率が増えたのだった（ちなみにその橋をつくったのは日本人技術者だった。橋のおかげで海で命を落とす人は減り、確かに島が受けた恩恵は私たちが想像する以上に違いない、だろうけれど）。

キヒヌ島にはこれから先も、本土との間に橋がかかることはないだろう。が、不便さを嫌い、またもっと幅広い雇用を求めて、若い人たちはどんどん島を出ていくだろう。私は複雑な思いで戸に立てかけられた棒を見つめた。

道行く島の女性のほとんどが縦縞の民族衣装のスカートを身につけている。

車は、本当にごく普通の民家の前で止まった。

――ちょっと待っててください。

マレさんが、小走りに中に駆け込む。庭には、足付きの洗面器のようなものがいくつか並んでいて、その中に何か染め物の途中のようなものが入っている。

――あれ、いない。

そう言いつつ、マレさんはどこかに行ってしまった。やがて、カップを手にした女性を連れてくる。

――ここの担当の人です。

女性は親しげに笑いながら、ごめんなさい、ちょっと〇〇していて、と、よく分からないが、日常の仕事の一部らしいことに専念していたことを口にする。

本当に小さな家の居間のような「展示室」だ。縦縞は縦縞だが、一つずつ皆違う種類のスカートがかかっている。暖色系の縞のスカートは島でよく見るものであるし、ここにも陳列されているが、そこには寒色系のものもあった。

——寒色系の青と黒の縞のスカートは、悲しいことがあったときに着ます。

——喪のときですか?

——そうです。お葬式のとき着るもの、その一週間後に着るもの、一か月後、三か月後、一年……と、少しずつ柄が違います。

悲しみの感情が変化していく過程を見るようだ。ハレの日に着るスカートの縞も同様らしい。

ほとんどの家に機織《はたお》り機があり、昔は家庭に入用の布地は皆それで織っていた(今では既製のものも、あるにはあるらしい)。髪をスカーフでまとめ、この素朴なスカートの上からエプロンをするのが、この島の女性の身じたくの基本である。

エプロンは大変重要で、日本の着物でいえば最後に締める帯のようなもの。それで服装全体の格付けが決まると言ってもいい。綿サテンのものが一番上等で、自給自足が当たり前のこの島で、これだけはアメリカから商人が持ってくるものを、楽しみに買い込むのだ。この素朴な部屋の片隅にはそのサンプルが展示してあり、それでロマのキャラバンのように「店を開いている」ということらしい。エプロンの構造自体はほとんど大きな四角い布と言ってよく、単純な製法だと思われるが、これが日本円にして一万円以上すると聞き、驚いてしまった（ハレのイベントのために散財する、ということに、心理的には何かの役割もあるのかもしれない）。細かく編み込まれた大きめの靴下も陳列してあり、それは冬場に履く四枚重ねの靴下の、一番上に履くものなのだそうだ。その編み込み模様にも様々な種類があり、それぞれ意味をもっている。

文化だなあ、と賛嘆する。

その棟の向かい側にも軒の低い小さな小屋があり、

――そこはサウナ室です。

といっても、竈《かまど》のようなものとベンチがあるだけの、ひどく素朴な作りだ。上には何かの魚の燻製《くんせい》が下がっている。

私たちが説明を受けている間、管理人のおばさんから何か言われて、ウノさんが苦笑しながら庭の手入れを始めた。あんた、そこで暇にしてるんだったら庭でも掃いたらどう、と言われたらしい。

それからその女性とともに、昼食をとる場所に移動する。森と林の中間くらいの木立ちの中にある一軒家で、これも古き家になった民家だろうか、ふだんは公民館的に使われるようだ。入ると暖炉に火が入っていた。大きなテーブルがあり、そこにすでに食事がセットされている。彼女たち、地元婦人会有志、といった女性たちが準備してくださったらしい。大麦の自家製ビール、スライスされた黒パン、燻製の魚が山盛り。私たちが席に座り、しばらくすると温かな魚のスープが供された。

——このパンも私たちが小麦から挽《ひ》いて焼いたもの。魚も、捕って燻製にして、焼いたもの。

質素で素朴な、けれど本当に心のこもったもてなしだった。

——みなさんが、捕った？

——ええ。男たちは遠くの海にまで漁にいくけれど、島の沿岸なら、私たちだって漁くらいします。毎日パンも焼くし、畑だって耕します。

ああ、なんてかっこいいのだろう。私は（たぶん目が潤《うる》んでいたと思う）すっかり感激する。

——で、この魚はヴィンバ・ヴィンバ。沿岸で捕れます。

こうやって食べるのさ、と言わんばかり、周りを取り巻く女性パワーに、もうやぶれかぶれになったかのようなウノさんが手づかみで魚に食らいついていた。私たちもおそるおそるそれに倣《なら》う。

――男の子たちのあこがれの職業は船乗りと漁師です。あこがれだけじゃなく、島の男はたいていが漁師か船乗りを目指します。

実際に私が島にいた間、成人の男性はほとんど見かけなかった。留守宅を守るのは女たちだ。そういう家事に加えて畑仕事、女だけで（沿岸の）漁までこなすという習慣が根付いているせいか、骨太で、たくましく、エネルギッシュなおばあさんたちが目につく。

食後はその中の一人、リネン村にあるローシーさんのお宅におじゃまする。三百五十年ほど前から伝わっている、（猫の足のマークなど）九十にものぼる伝統柄をあしらった手袋などの、ハンドメイド作品を見せてもらう。

ローシーさんは今から七十年ほど前、四、五歳のときから編み物を始めた。結婚に備えて四十四枚もの靴下を編み、二十枚のスカートを（もちろん自分で織って）つくった。今、スカートは五十枚もっている。一九五〇年代までは、既婚女性はみな、ローシーさんが被《かぶ》っているような烏帽子《えぼし》の形をした帽子を被っていた。これもまたTPOに応じて細かな種類の違いがあるのだという。感嘆しながらそれらを拝見していると、表ががやがやと賑《にぎ》やかになってきた。正装の民族衣装に身を包んだ女性たちが集まって、ダンスと歌を披露してくれるということらしかった。急ごしらえの見せものではない。ごく日常的におこなうもののようだった。海に出て不在の恋人や家族の無事を願って歌う歌やダンスは、島の人生に欠くことができない、暮らしの一部なのだ。

前庭に簡単にしつらえられたベンチに座る。集まったのは十代の初々《ういうい》しい女の子たちと、おばあさんたち。中の一人が、アコーディオンで伴奏をつけ、フォークダンスが始まる。色とりどりの華やかな色彩のスカーフとスカートが、二組になったり四組になったり、輪になったり。歌声が野の花のように力強く美しい。キヒヌ島の民謡は、同じ旋律が繰り返されるのが特徴で、素朴なリズムが何ともいえず懐《なつ》かしく味わい深い。異国の人間にさえ郷愁を感じさせる、そのシンプルで優しい響きが、何度も繰り返されているうちに次第に求心的な力を生み、心の奥深くまで浸《し》み入っていくかのようなのである。

庭に風が吹いて、ユスラウメの枝先を揺らした。どこからかトンボも飛んできた。木漏れ日がきらきらと庭に落ちる。寄せては返す、波のような旋律。この風や光、この時間を共にして下さったことへの感謝が湧《わ》き起こる。気づかれないように涙を拭《ふ》く。

特に八十一歳になるというヴィルヴァおばあさんの独唱は（実は踊っているとき少し足元があやしく、大丈夫かな、と懸念《けねん》さえしていたのに）朗々として、辺りの澄んだ空気を震わし、私は手拍子を取ることも忘れ、聞き入り、その実直に生きてきた歴史を物語る顔の皺《しわ》や立ち姿に見入り、引き込まれた。笑顔を浮かべる余裕もないほどに（あとで聞くと、ヴィルヴァおばあさんは、二百二十以上もの歌を作詞作曲し、CDまで出しているエストニアの有名な歌姫なのだそうだ）。

皆が三々五々自転車に乗って帰っていくとき（その様子も、何と言うか、見事なものであった）、ヴィルヴァおばあさんはどこからかまるで孫の男の子のもののようなマウンテンバイクを牽《ひ》いてきた。まさかこれに、と、あっけにとられて見つめていると、危なげもなく迷いもない動きで軽々とふわり、本当にそれに乗ったのだった。たくましく乗りこなして去っていく後ろ姿はかっこよく、まさしく圧巻であった。最後の最後まで、感動させられた。

島を去る際、歌ってくれたおばあさんの一人の家に立ち寄った。あの集まりの中では目立たない寡黙《かもく》な方だった。ナナカマドの赤い実が揺れる前庭を通り、家の中へ案内された。すぐに機の前に座り、私たちに織って見せながら、三、四日で一着分織るのだ、とことともなげに言われる。張られた糸は、まさしくあの暖色系の縦縞模様だ。近くに並べておいてある杼《ひ》には、それを構成する赤、黄、緑、白などのカフフルな色糸が巻かれている。機織り機は角がとれ、艶《つや》があって何とも言えない風格がある。一八八一年からずっと使い続けているのだと言う。百二十年現役で使い込まれているのだ。手にした杼が渡した糸の間を走り、とんとん、からり、と、響く音は日本のそれと同じだ。近くに据えられている、古色蒼然《そうぜん》とした紡《つむ》ぎ車の下で寝ていた白猫が、ゆっくりと伸びをして、おばあさんの座っている足の下を通り、庭に出て行く。庭先にはやはり、サウナ小屋兼燻製小屋とおぼしき軒の低い小屋があり、猫は陽の当たるその壁の前まで歩いた。それからゆったりと座って身繕いをする。そのずっと向こうには、畑地が見えている。

おばあさんは、ふと機を織るのをやめ、ぽつんと、「自給自足は出来ても、お金持ちにはなれない」と呟《つぶや》いた。確かに、この島が観光で得られる収入など僅《わず》かなものだろう。それを聞いたとき、突然島の現実に触れた思いがして、その言葉が長く胸に残った。

この旅から帰国した後、すぐにリーマンショックが起こった。それから日本でも失業、ホームレス等の貧困問題が深刻に取沙汰《とりざた》されるような状況が起こった。身も心もぼろぼろに疲れた人々の顔が、しばしばニュースの画面に映るようになった頃、私はあの言葉の持つ本当の意味をようやく理解したように思った。あれは、「金持ちにはなれないけれど、自給自足は出来る」、誰に媚《こ》びへつらうことなく、誇り高く生きてもいける、そういうことであったのだ。あのおばあさんが意識していたかどうかは別にして。

日本海の方に、青い空が広がっていると、ときどきその向こう、「ちょっと大き目の国が間にあるけど、私たちは隣同士」と、言ってくれるエストニアの人々のことを思う。

キヒヌ島の「ヴィルヴァおばあさん」たちは、たくましく自転車を乗りこなしているだろう。

漁をし、それで干し魚をつくり、または燻製にして、パンを焼いて、畑に出、機を織っているだろう。

必ず元気で、歌を歌っているだろう。

パルヌの滞在を終え、出立するとしばらく海岸沿いを走った。だんだん雲行きが怪しくなる。皆、窓の外を見ている。コウノトリを探してくれているのだ。何としたことか、まだ見つからない。

6

このエストニア行に先立つこと何年前だったか、野生のコウノトリが写った一枚の写真を見たことがあった。一九六〇年に兵庫県の豊岡市内で撮られたというその写真には、川の浅瀬をのんびりと歩く牛、牛追い人、それから彼らの周り、ざっと見た感じでは十メートル四方くらいの極めて近距離に、十二羽のコウノトリが思い思いに浅瀬を渉猟しているのどかな風景が写っていた。まるで東南アジアの農村そのもので、私は最初、牛の近くに子どもたちが遊んでいる、ずいぶんにぎやかな印象をその写真にもった。コウノトリたちが、子どもか、屈《かが》んでいる人くらいの大きさに見えたのだ。牛や人間の近くにいてなんらの警戒も見せずに、のんびりと互いに時間と空間を共有し合っている親しさのせいであったのだろう。それは今の時代ではまず考えられないほどのものだった。それが、鳥である、と気づいたときの衝撃。鳥と人と牛とが、こんなにも親しく、互いの存在に無関心でいられるほど家族のように親しく、共生していた時期があったのだ。

それから私は鹿児島県の川内市《せんだいし》（現・薩摩《さつま》川内市）で、たまたま迷鳥として渡ってきていた一羽のコウノトリを確認したことがある。そこには十六年以上、冬に渡り続けるカラフトワシがいて、そのときはそのワシが目当てだった。視線を下に移すと、冬ざれた田と畦道《あぜみち》の間に見慣れぬ小さめのツルのような鳥がおり、近くの出水《いずみ》市でツルの大群を見たあとでもあったので、また珍しい種類のツルでもあるかと、熱心に観察し続けていたのだが、どうも様子がおかしい。ツルでなかったとしたら、アオサギか、いや違う、とだいぶ悶々《もんもん》とした末、どうやらコウノトリである、と結論づけたときは半信半疑だった。あの写真が撮られた一九六〇年から十一年後には、日本の野生のコウノトリは絶滅していた。高度成長期の、凄《すさ》まじい環境変化に耐えられなかったのだ。

その後、川内市のその辺りに迷鳥のコウノトリが一羽飛来してきているようだ、という周辺の鳥見人たちからの情報を得、やはりコウノトリであったか、と感慨を新たにしたものだ。私が見たコウノトリは、一羽で、所在なげでおどおどとしているようだった。不憫《ふびん》でならなかった。

あの写真の風景が、日本において再び見られることはもはやあるまい。*

コウノトリは人が生活している場所が好き、というエストニアの人たちの言葉は、日本にかつていたコウノトリたちの生態とも合致していた。のびのびと生活しているコウノトリ、人間の生活圏でゆったりと生きているコウノトリに会いたかったのだった。

——あ、あれは。

海岸の反対側の、作物が刈り取られた後の広い畑地を指して、木寺さんが声を上げた。何か、大型の鳥のようなものが見える。

——あ、あれはコウノトリです、間違いない。

タリン市街

タリン旧市街の地下通路

ピリタ修道院の廃墟

電柱や煙突の上につくられたコウノトリの巣

オテパー近郊

右下　蛭で民間治療をするおじいさん
左下　茸採り名人のおばあさん

キヒヌ島

マウンテンバイクで帰る81歳の歌姫

キヒヌ島

マツァル郊外でのピクニックランチ

サーレマー島

海岸線にどこまでも続く葦原

ヘリナさんが早口でそう言う。

パルヌ滞在中の案内人であった、年若いカトレさんに代わり、今日からは濃いダークブラウンの髪のヘリナさんが同行してくれることになっていた。

私は双眼鏡で確認する。確証が取れない。ウノさんが車をバックさせ、側道に止める。小雨がぽつぽつ降る中、皆で鳥を探す。

――あ、あそこ。

確かにいる。だがあれは――ナベヅルだ。

――あれは灰色コウノトリ。コウノトリには白コウノトリと、黒コウノトリ、そしてこの灰色コウノトリがいます。白コウノトリは民家の近くに棲《す》む、幸せの象徴、善いコウノトリといって、皆に愛されます。でも黒コウノトリは森の奥に棲み、滅多に見られない珍しい鳥ではありますが、見ると不吉なことの前触れとして皆から怖《おそ》れられます。この灰色コウノトリは湿原や草原に棲んでいます。

確かに形は似ているかもしれないが、ツルとコウノトリは私の中では似ても似つかない鳥だった。だが、とにもかくにもやっと見つけた、完璧《かんぺき》ではないかもしれないけれど、何も見つからないよりは遥《はる》かによかった、というように喜んでくれている皆の前で、水を差すようなことは言えなかった。

——ここの国の方々に一番なじみのあるいわゆる「コウノトリ」は、白コウノトリ、なのですね。

車に乗った後、ヘリナさんに確認する。ヘリナさんは、ええ、とちょっと気の毒そうに私を見て、

——実は昨日、これから行くマツァルの自然保護センターに確認をとりました。エストニアでは、白コウノトリは八月二十九日を最後に観察されていません。

ああ、やっぱり、と粛然とする。

二十八日の夜遅く、私がエストニアの空港に降り立ったとき吹いていたのは強い南風だった。次の日の夜、エストニア国立歌劇場に赴いたときは打って変わって震え上がるような北風になっていた。すさまじく大掛かりな前線の移動があったのだ。コウノトリたちは、前日の南風（つまり北へ向かう風）に恐れをなし、強い北風の吹いた次の日の夜、一斉に風に乗り、南へと旅立ってしまったのだ。

オペラ・ウォーレンバーグを観《み》た夜の帰路、なんだか不穏な思いをかき立てられながら見上げた夜空をまざまざと思い出した。あのとき、あの空で、相当数の「渡り」が行われていたのだ、闇夜《やみよ》に乗じて。不穏な思いがしたのはオペラのせいばかりではなかった。いや、オペラを観た後の心的状況と自然現象が奇妙に同調していたのだ。

鳥たちも、きっとあの夜、強い「渡り」の気分にかきたてられたのだろう。いっせいに南へ向けて飛び立つ決意をさせるほどの。

やがて車はエストニアの西部、マツァルに到達する。

マツァル湾に面したマツァル国立公園は、イグサや葦原《あしはら》などが続くデルタ地帯で、世界有数の渡りの中継地点である。

だがどうも天候がよくない。バードウォッチングもできそうもなかった。管理センターを訪れ、この地域で観察されたことのある鳥類が剝製《はくせい》として展示されている部屋に入った。そのケースの一つの中にいた、今は北ロシアとスカンジナビア半島にかろうじて見られるだけになっているクロライチョウの姿を見て、思わず小さく声を上げた。この鳥の剝製は、ロシア圏の博物館に行くとかなりの確率で見ることができるが、ここでも出会えるとは思っていなかった。クロライチョウとキバシオオライチョウは、生涯に一度は出会いたいと思っているライチョウの仲間だった。

そのとき私がいたエストニア西部から二日ほど南へ車を走らせたところに、ヨーロッパ最大の野生動植物の聖地があった。近年、生きたクロライチョウがそこで観察されるようになったという報告を読んだことがあった。その夢のような「聖地」では、ヨーロッパバイソンが群れをつくり、モウコノウマが繁殖し、イヌワシがトビのように頻繁に空を舞い、オジロワシが営巣《えいそう》する——ウクライナ、ベラルーシに跨《また》る、チェルノブイリ放射能汚染地帯、立ち入り制限区域である。強制避難と立ち退きでこの地がほとんど無人化した後、昔、人が耕作するようになって以来干上がっていたはずのピート地に水が戻った。するとウクライナ側では以前見られなかったビーバーが千五百頭、生息しているのが確認され、オオヤマネコまで出現した（ベラルーシ側でもそうだろうと推測されるが調査がなされていない）。ノロジカ、アカシカ、ヘラジカが悠々と森を歩くようにもなった。ヨーロッパバイソンとモウコノウマは、よく知られているように実は野生では絶滅しており、人間に管理されていたのだが、「絶滅危惧《きぐ》種《しゅ》や希少種を捕獲して繁殖させると、放してやる場所がない」（『チェルノブイリの森——事故後20年の自然誌』メアリー・マイシオ、NHK出版）ことから、苦渋の選択として、この区域に放された。以来繁栄している。ヨーロッパバイソンは古代には群れをなして大陸を闊歩《かっぽ》していたが、生息地である豊かな森が圧倒的に少なくなってしまった。モウコノウマにしてもしかりで、人為的に繁殖させても、その後野生に返す場が、もう地球上にはほとんどなくなってしまっている。彼らはどこにも住む場所がないのだ。放射能汚染地域の「豊かな森」や「広い草原」以外には。

ただ不思議なことに、当然増えるだろうと予想されていた放射能による変異種が、ほとんど見られない。「野生動物の場合、変異体は死ぬからなんです。実際には生まれたとしても、人間の目にけっして触れないのは、その前に腐食動物が食べてしまうからです。ここの状況に適応できる個体だけが生き残れるのです」(同)。

ヒトといてその経済活動の影響を被《こうむ》り、絶滅するよりは、たとえ短命になろうが遺伝子に傷がつこうが、放射能の方がまし、というわけなのだろう。それで種としては大きなダメージを受けても生き残った個体で繁栄できるという可能性の方が、絶滅させられるよりは、それはいいに決まっている。だから放射能で汚染されても大丈夫だ、と言っているのではない。

ヒトはここまで嫌われているのだ。

ヒトが生活する、ただそれだけで、多くの種が絶滅に追いやられている。放射能汚染より遥かにシビアに。

薄々は気づいていた事実だったが、こうもはっきり知らされると愕然《がくぜん》とする。ともすれば鬱々《うつうつ》たる思いに沈み込みがちになる中、なんだかすがるようにして、ヒトの生活圏が好き、というコウノトリを探していた——だが結局今回は出会えない、ということが、この日はっきりした。

昼食は、エストニアの地域事情に詳しいヘリナさんの紹介で、農家のおかみさんであるエレさんのピクニックランチ（彼女はこれをサイドビジネスにしていて、とても人気があるらしい）を、マツァル近郊の森の中の、彼女の家の庭先でとることになっていた。雨が少し降っていたが、ベンチとテーブルの上にはビニールテントが張ってあった。

森で獲ったイノシシ肉の煮込みは、歯応《はごた》えがあり、噛《か》めば噛むほど滋味が奥から湧《わ》いてくるようで素晴らしくおいしかった。大人の腕ほどもありそうな特大のズッキーニを縦半分に切り、ひき肉とタマネギを炒《いた》めたものをその上に乗せ、オーブンで焼いたもの、森で摘んだカウベリーやブルーベリーなどとキャベツを合わせたサラダ、黒パンやパンケーキに、村で採れたハチミツ、ベリーソース、アップルソースをかけていただく……。

武骨で豪快で繊細なごちそうの数々、森の恵みにすっかり幸せ気分になる。ヘリナさんは今、タリンで働いているが、もともとお父さんはリトアニアの方。そういう出自にまつわる思い出話や、木寺さんがカメラマンを志すきっかけとなった、北海道・利尻島でのアルバイト体験などに話の花が咲く。彼はそこで、

――僕、鳥のこと全然知らないじゃないっすか。でもそこで、おっきくて真っ黒くて頭が赤い鳥を見て……。

――クマゲラ！

――そんな風な名前らしいですね……。

――……なぜ。

妬《ねた》ましさに満ちた私の視線を気持ち良さそうに受けて、木寺さんは不敵に微笑《はほえ》む。

クマゲラは、ドラミングだけは何度も聞くが、実際に会ったことのない鳥であった。これだけ近くまで行くのに、いつも、ああ、ついさっきまでそこにいたのに、とか、昨日はその木のところにいましたよ、などという話ばかりで、未《いま》だに出会っていない、というのはどういうことだろう。かねがね落胆を通り越して不思議にすら思っていた。けれど、あの鳥に会いたい、という強い動機を持っていくと、肩すかしに終わることが多い。今回のコウノトリも然《しか》りだ。

鳥というものは、思いがけないとき、自分の心の準備が何もないときに、僥倖《ぎょうこう》のように、突然舞い降りてくるもの。私の経験上もそうだった。会おうとして会えるものでは、本来、ないのかもしれない。けれど会いたいと思っていなければ、いざ会っていてもそのことに気づかない。自然をコントロールするのでは、もちろん、なく、自然と付き合う、のですらなく、生かされている、そして積極的に生きようとする、その受け身の意識と能動の意志のバランスこそが「自然」、と、今は見当をつけている。

鳥はいつも、何かを告知する使者のように、その人の人生に忽然《こつぜん》と現れる。

これだけ会いたいと思っていたコウノトリは、まるで私のエストニア到着と入れ替わるように全員、この地を旅立って行った。もし会ってしまっていたら、「私」の思いには一応の区切りが付けられただろう。けれどそれでいいのか。もしかしたらそれは、コウノトリに象徴されるような思いは、一生こらえて持ち続けていくべきものなのかもしれない。それが「私」を残しつつ「私」を越え、「ぜんたい」の推進力の一部として「個」が生かされる道をつくることになるのかもしれない。

そう思い始めた。

＊その後単行本でこの記述を読まれた豊岡市長中貝宗治さんから連絡をいただき、コウノトリの保護・増殖・放鳥に熱心な豊岡市で、今現在こういう場面が見られるようになったという写真をお送りいただき、大変感動した。

7

エストニアは豊かな森の国であるが、同時にまた、バルト海独特の不思議な海岸線と島々を持つ国でもある。バルト海といえば荒れる北の海というようなイメージがあった。それなので海岸線にどこまでも静かな葦原が続いたり、のどかな牧草地が続いたりするのを見るたび、自分の目が信じられなかった。

マツァル国立公園管理センターで、そういうCoast Meadowについての説明のビデオを見せられた後、思わず職員の方に、

「だって、それでも海には塩分というものがあるのでは」

「バルト海の海水は、塩辛くないのです――あんまり。出入り口が狭く、奥まってい

る上に、流れ込む川が多いので」

塩辛くない海？　それを聞いてもまだ、小さい頃から太平洋や東シナ海、日本海の海水になじんできた私には半信半疑だった。

その職員の方に、バード・タワー（鳥観察塔）の設置してある場所へと案内してもらうことになった。激しくなってきた雨の中、皆で車に乗り、海岸線を走る。途中で、あのう、とおずおずと切り出す。

——海の水、ちょっと味を試してみたいんですけど……。

彼女は大きくうなずく。そうね、それがいいわ。あ、その先で止めてください。

ウノさんが車を道路脇《わき》に停め、私と彼女と、盆子原さんが降りる。ヘリナさんと木寺さんたちは車に残る。何しろ風雨がきつくなったので、カメラが心配、というのである。確かに風雨はだいぶきつくなってきた。遠目から見れば穏やかそうな牧草地も、いざ横切るとなると、灌木《かんぼく》に足を取られ、進むことは容易ではない。車に残っていた方が確かに正解だった。この行軍の目的が、ただ海の味を確かめに行くだけ、というのであれば尚更《なおさら》のこと。けれど盆子原さんは、行動に迷いがなく、果敢であった。長靴を履いている私とは装備が違う——つまり、もっと大変だった、にもかかわらず。

牛や羊の放牧されている牧草地を、それでもなんとか横切った。そこは、本当にスパンと途中から突然海になっている「地の果て」で（砂浜とか岩礁《がんしょう》とかの、ここから先は海、という心の準備をするための部分がないのだ）、長靴を波に洗われながら、海水の味を見た――塩辛くなかった、本当に！

海からいきなりどこまでも続く葦原――こちらでは葦床（reeds bed）というらしい――が、こんなにも不思議な、明るさと静寂をたたえた美しさを持っているとは。この国にくるまで、見たことがなかったはずなのに、そのたたずまいには懐旧の念を禁じ得ない。

それから車に戻り、今度こそ観察塔へと移動する。当たり前だが観察小屋自体は結構高い場所にある。といってもこの辺はずっと平坦地《へいたんち》が続くわけだから、鉄製の階段をぐるぐると上って、高所にしつらえた小屋に入る。

――こんな天候だから、鳥もあまり期待出来ませんが。

海は風雨で灰色のグラデーション、双眼鏡で覗《のぞ》いても、荒れる海には遠く数羽の海鳥が浮かんでいるのが見えるばかり。

――アビの仲間ですね。あ、でも……。

職員の女性は、対象物に向かって双眼鏡のレンズの焦点を合わせる。

――ホワイト・テイルド・イーグル。

頬をぽっと紅潮させ、私を振り向く。え？　と私は半信半疑でそちらの方向に双眼鏡を向ける。荒れる波のぶつかる岩の上に、確かに何かいる。微調節して焦点を合わせる。……本当だ。オジロワシだ。一瞬双眼鏡から目を離し、教えてくれた彼女と笑みを交わす。

この海岸線を、ずっと東へ東へ、と辿《たど》れば、いつかはロシアの外れ、カムチャツカ半島に辿り着く。私はこの一か月前、そこにいて、オオワシやオジロワシたちに会っていた。

オホーツクの海にいたオジロワシと同じオジロワシが、バルト海の荒れる海の中で、同じようにじっと一点を見据えている。もちろん同じ個体ではないけれど、なんだか感無量だ。オジロワシはオオワシより遥《はる》かに生息域の広い鳥だが、例えば英国ではもう見ることができない。昔から羊の仔《こ》を攫《さら》っていったり、母親が農作業中籠《かご》に入れていた赤ん坊を、摑《つか》んで飛んでいくなど、害鳥として嫌われたせいも大きい。北海道で見るよりヨーロッパで見る方が遥かに難しい。

職員の女性もすこし上気した様子で、満足げにうなずき、それから打ち解けていろんな話をしてくれた。彼女はこの近くの海沿いの村の出身だという。

——今、私たちはウミアイサの卵を保護、観察しているのですが、彼らは毎月二十個ほどの卵を産みます。

マツァルはウミアイサの繁殖地でもあるらしかった。

――私の小さいときは、この辺にすむ人たちは、たくさんの卵の中からいくつか、いつも「ちょっと失敬」したもので、それが楽しみでした。

そう言って彼女はらっとこちらの反応を窺《うかが》う風をした。

尊敬する鳥類学者の樋口広芳教授は、鳥料理をお召し上がりにならない。レストランでメニューを決めるとき「鳥は、ちょっと……」と言われるのを聞いて、ああ、そうなのだ、と妙に納得したことがある。私自身は、鳥への愛には自信はあるけれど、鳥料理だって好きだ（フォアグラ以外は）。鳥が人間の都合で無駄に死んでいくのには我慢ならないけれども。

人が自分の生理的な「これ以上はできない」の線引きをする場所は、それぞれ違っていて、その線引きの場所がその人の個性そのものの発露のように思われ、愛《いと》おしく感じられる。だから彼女が、「いっぱいあるウミアイサの卵を、親鳥に気づかれないくらいほんの少し失敬」したのを責めようなんて、まったく思わなかった。それが当時ソ連政権下の海辺の村の、貴重な蛋白源《たんぱくげん》の一つであったというのなら尚のこと。

――今はもちろん、やりませんけれどね。

——……（そう？）

もちろん私も、誰かが目の前でそんなことをやったら、絶対に阻止しようとすると思う、けれど。


一九八六年四月二十六日、チェルノブイリ原発事故発生後、二日間にわたって風はスウェーデン方向に吹いた。

実はそのことを、この旅で森の中に行く都度、何度も考えた。スウェーデンは、あの事故によるホットスポットと呼ばれる地域を持つことになった、特殊な事情を抱えた国ではあったが、エストニアもまた、無傷でいられたわけがない。森や海とともに生きるということ。それは悲壮な覚悟の余地すらない、生物のごく当然な在り方なのかもしれない、としみじみ思う。自分の存在ということと、森や海というものが切っても切れない、こういう暮らしぶりに接していると。生まれた場所を世界のすべてとして受け止め、不都合も含めてその恵みを享受《きょうじゅ》し、できる限りの工夫をして生活し、その土地で死んでいく。それをもの言わぬ動植物の、静かな「プロテスト」と見るのは、また少し違う気がするが、そういう人間の側の「読み込み」が可能なことも確かだ。

エストニアの人々の歌う「我が祖国」とは、生まれた土地のこと。そしてその思いを根本にそって敷衍《ふえん》すれば、それは、地球そのもの。生まれたところで、死んでいく。りれどそれが少しくらいずれていようが、なんだというのだ。

その日はそれから、マツァルの南にあるヴィルツヘ向かい、そこからフェリーに乗って対岸のムフ島へ渡った。ムフ島は島の多いエストニアの中でも三番目に大きい島である。一番日に大きい島、サーレマー島はそのムフ島の向こうにあり、二つの島は海を渡る大きな橋でつながっている。

では二番目に大きな島はどこにあるかと言うと、この二つの島のすぐ上(北)で、ヴィルツから海岸線を北に行ったところにあるハープサルという町の対岸にある、ヒーウマー島だ。

ハープサルのことは知っていた。実話にもとづく絵本を読んでいたのである。

今から七十午ほど前、犬の大好きな女の子が父方の祖母と二人でエストニアの静かな海辺の町、ハープサルに住んでいた。女の子の両親は離婚して、女の子は当初、母方の祖母のところで暮らしていたのだが、戦争が始まったので田舎のハープサルの方が安全だろうと、父方の祖母のもとへ一人で送られたのだ。絵では、四、五歳くらいの女の子が大きな犬と二人、誰も迎えのこない駅で、スーツケースの上に座り、ぽつんと人を待っているところが描かれている。彼女とこの犬とのつながりはとても強く、犬はいつも彼女の傍らにいて、彼女を守り通した。絵本では、牧羊犬になっているが、実際にはかなりの大型犬、グレート・デンだったらしい。犬といっしょならどんなことでも怖くなかった。戦時中のことで連絡に齟齬《そご》があり、父方の祖母は彼女の到着を知らなかったのだが、彼女は自力で犬とともに祖母の家に辿り着き、それから田舎の家での楽しい生活が始まる。この辺り、エストニアの野でイチゴを食べる描写が美しい。が、第二次世界大戦中のこと、この町も爆撃機に襲われ、ドイツ軍がやってくる。女の子を守ろうと兵士に吠《ほ》えかかった犬は銃殺されてしまう。このときの女の子の悲嘆が胸を打つ。喪失感に食べることも眠ることもできない。女の子、つまりこの絵本の描き手が、その殺された犬を「犬」としか呼ばず、絵本のなかではとうとう名も明かされないのが、今に続くその癒《いや》されようのない傷を物語っているようだ。けれど、若いエネルギーはありがたいもので、彼女が学校へ行くようになり、友達もできると、それなりに活動の幅も広がってゆく。冬はバルト海の氷の上を飛び跳ね（塩分が少ないので容易に凍るのだ、ということが私にも今なら分かる）、夏は水遊びに興じ、古い城で幽霊を捜す。けれどドイツ軍撤退後、再びやってきたソ連軍により、エストニア人の強制連行が始まる。人々が確たる理由もなく次々に連れ去られ、処刑され、あるいはシベリア等に送られるようになる。恐怖に駆られた人々はエストニアから他国へ逃れようとする。女の子の祖母は、自分はもう年寄りだからここを動けないけれど、おまえはここから出て助からなければならない、という。女の子は一人で他の避難民とともに漁船に乗り込むが、荒れたバルト海で漁船のモーターが壊れ、幾日も漂流を続ける。が、最終的にはスウェーデンが彼女たちを引き受け、彼女はスウェーデンの避難所に入る。このとき、彼女は十四歳のはずだが、絵に描かれた彼女はまるで七、八歳の女の子のようだ。この絵は大人になった彼女自身によるものだから、当時の彼女自身の寄る辺なさが表れているのだろう。彼女の名は、イロン・ヴィークランド。『長くつ下のピッピ』などで有名な児童文学作家、アストリッド・リンドグレーンの作品、『ミオよ　わたしのミオ』『やかまし村の子どもたち』シリーズ、『はるかな国の兄弟』『山賊のむすめローニャ』などの挿絵で有名な画家である。

この自伝的絵本、『ながいながい旅――エストニアからのがれた少女』（岩波書店）を読んでいると、エストニアという他国に蹂躙《じゅうりん》され続けた国の歴史の、一部だけでも、一人の身の上に起こったこととして、内側から共にできるような気がする。より感覚的に訴える「絵本」という媒体では、教科書的に知識として頭の中に蓄積させていくのとは違う、体感的な「伝達」が可能なのだろう。

少女・イロンは、避難所の鏡に映る自分がまだお下げを結ったままでいるのを見、奇異に思った。あまりにいろいろな悲惨を体験し、自分がもう子どもではない気がしたからである。それでハサミを借り、自分で自分の髪を切り落とす。その瞬間、実は重い病気にかかっていた（精神的な極度の緊張は言うまでもなく、荒れる船の上、寒風にさらされながらも船倉に入らずずっとデッキにいたりしていた等の無理がたたったのだ）彼女は気を失ってしまう。絵本では、病院で意識を取り戻した彼女の目に瞳《ひとみ》が描かれておらず、真っ黒で虚《うつ》ろ。多くを語っていないけれど、彼女のこのときの心象風景が伝わってきてあまりに痛々しい。

だが幸いなことに、スウェーデンには彼女の父方の叔母が住んでいた。この叔母は画家で、イロンの入院している病院を訪ね、今で言う絵画療法のように彼女に絵を描かせ、やがて彼女の絵の才能を開花させる。そしてなんと、誕生日に愛らしい子犬までプレゼントしてくれた！　彼女はその犬にサンメリと名付け、献身的な愛情を注ぎ、また注がれるようになる。名前を持つ犬が、やっとこの絵本に登場したのだ。イロンはその後、その叔母とともに暮らし、美術学校を出て、仕事をし、そして自分の幼いときからの体験を絵本にした。「ながいながい旅」がついにここに到達したのだ……。

絵本中、冬のハープサルの海辺で、流氷のような氷の上を、まるで蓮《はす》の葉の上を次々に走り続けるバン（鳥の名）のように、子どもたちが楽しげに遊んでいる姿がある。

バルト海が凍る、というのは、この日泊まったムフ島のホテルのオーナーからも聞いた。

そこは静けさを好み隠遁《いんとん》趣味がある人にぴたりとターゲットを当てたと思われる、海沿いの木立の中にあるホテルだった。

――塩分濃度が低いせいもあり、冬場、本土とムフ島の間の海はよく凍るんですよ。それで、当局が通行許可を出し、車の乗り入れが可能になる。ルートも決まっていて、氷上道路ができるんです。

――え？　ではフェリーは？

――フェリーも少し離れているところを、砕氷船となって通行しますがね。

――だって、怖くありませんか。氷の薄いところとか……。

——始終チェックされて、危ないとなったらすぐに止められますから。それに、だんだん氷が薄くなって、どんどん水が増してくるところをかきわけるようにして渡るのは……。

と、少し顔を赤らめて、少年のようにいたずらっぽく笑った。こたえられないスリルですよ、とおっしゃりたかったのだろう。

エストニアの人には日本びいきの人が多い。彼もその一人で、昔泊まったという京都の旅館のホスピタリティの質の高さを尊敬を込めて語った。

——ある日本のハーブがものすごく好きになってしまったんです。それで、そのハーブのことを旅館の係に詳しく聞いていたら、そのハーブを栽培しているところまで連れて行ってくれて、帰るとき、フロントで、その種までいただいた。

彼の心をそこまで射止めたのはオオバ、つまりアオジソらしい。アオジソは英国のキュー・ガーデンで、観賞用として栽培されているのは見たが、その風味を好む欧米人には今まで出会ったことがなかった。数百年前の建物を、一つとして同じデザインの部屋にせず、ここからどこにも出て行きたくない、と泊まり客に（私のことだ）思わせるほど、シンプルでいて居心地のいい空間（古さと居心地は、なかなか両立しないものだが）に仕上げたセンスは、この繊細な味覚と無関係ではないだろう。この日近くの森で、早朝、朝霧の中、突然ムース（ヘラジカ）に出会った、という話をことさもなげに傍らでする人がいて、私を羨望《せんぼう》と嫉妬《しっと》でいっぱいにした（余談だが、北海道の大沼公園駅のすぐ裏にあるホテルのロビーには、外国の館《やかた》でも滅多に見ないほどの巨大なムースの頭部が壁にかけてある。私は連泊したのだが、最後の日になるまでそれに気づかなかった。あまりにも意外だったので、目に入ってきても意識が無視していたのかもしれない。気づいたときは思わず大声が出てしまった。地球上のほ乳類の中で、見るものに最も感銘と畏敬《いけい》の念を与える種の一つだろう）。

ヴォルで泊まった森のホテルのオーナー夫妻もそうだった。アメリカ式の大量生産大量消費という経済システムにつくづく嫌気がさした、自分のマネージできる範囲の規模で、質の高い空間をゲストに提供したいのだ、と語る姿勢が共通している。

ムフ島のことについては、このオーナーに多くを教わった。

エストニアには（北海道の道産子《どさんこ》や、宮崎県、都井岬の御崎馬《みさきうま》などと同じように）、元々固有種の馬がいた。本土ではほとんど絶滅したが、ムフ島、サーレマー島では生き残り、今ではサーレマーホースと呼ばれている馬がそれである。小食で頑健、病気に強く、そして人なつこく優しい。ムフ島の男性は（特に夏の間は）出稼ぎに行き、女性は留守宅で子どもを育て、畑を耕し、家を守る。女性が扱いやすい、ということでも、小さくて穏やかな気質のサーレマーホースは適していた。

ムフ島の大きさは約二百平方キロメートル、人口は二千人ほど。八千年ほど前に海底が隆起して誕生したもので、土壌が浅く、土地としてはまだ若い。昔から農作物が育ちにくく、牧畜の方が発達してきた。今では自家用としてジャガイモや野菜などを育てることもできるようになったが、売るほどの量ではない。

国で三番目に大きい、とはいっても、島だから小さいのだが、変化に富んだ地形を見ることができる。見渡す限り木が生い茂る森もあり、海岸側にはまた違う景色が広がっている（実際、このホテルの敷地内には、風格のある木々が風通しのいい森をつくるように存在しており、私の手のひらよりも一回りも大きい茸《きのこ》も群生していた。庭を海辺の方へ歩くと、葦の茂みが現れ、かき分けるようにしてその中を行くと、やがて桟橋にボートがつながれているのに出くわした。そこから、バルト海へ漕《こ》ぎ出せるのだった）。

香り高いジュニパーの木が多いのがこの島の特徴だが、ジュニパーは土地が耕作されずに荒れてくると、ここでは最初に生えてくる木である。その後、他の植物が現れる。第二次世界大戦後、人口が減り続け、多くの畑が耕し手を失ったため、木が茂り、森が広がり、それにつれて動植物も増えていった……。

生物の多様性ということと、人間の人口の増減ということの間には、見て見ぬ振りはできぬ関係が、歴然としてあるのだった。

8

ひんやりとした厚い漆喰の壁は、まるで白い洞窟《どうくつ》の中にいるようで私に深い眠りをもたらし、ここでもう一泊できたら、と密《ひそ》かに願ったが、それはいつか余裕ができたときのプライヴェートにもちこすことにして、この日も早朝から出発した。

ムフ島にもまだ、昔ながらの漁村が残っている。けれど例えば、この日訪れたコグヴァの集落には、戦前百五十人ほどが住んでいたものの、今は二十五人しかいない。

ここでもまた、キヒヌ島のときのように、「今は人が住んでいない」、でも「住んでいるときと同じように設《しつら》えたまま」という博物館（ほとんど民家）を訪ねた。

森に生えた茸《きのこ》のように、周囲から集めた石や植物でつくってみたというような、目立たず、つつましやかな印象の家屋敷だった。

軒の低い葦葺《あしぶき》の屋根に使われている葦は、晩秋から冬にかけて刈り取り、春に黄色くなるまで干しておく。そうすると、屋根材としてとても長持ちするとのこと。壁や垣に使われているのは石。木材が貴重だった島では、豊富な石を使う方が賢明だった。今でこそ、一世帯の人数が一人のところもあるが、何世代もともに暮らしていた時期もあったし、雪深い長い冬を越すため、家畜たちのスペースも必要で、敷地内にはそういう小屋が何棟か建っている。母屋《おもや》の向かい側には、サウナ棟、サマーキッチンなど。葦葺の屋根は断熱性もあるのだが、いったん火が燃え移ったら、瞬《またた》く間に広がってしまう。それで、火の気は極力遠ざけるに越したことはない、と、夏場は屋根を別に設えた小屋で台所仕事をする。サウナ小屋の中は、たいてい二部屋に仕切られている。体を洗うための部屋と、蒸し風呂《ぶろ》のための部屋だ。

――サウナは、昔から神聖な場所でした。この島に限らず、エストニア人にとって。昔は女性が子どもを産むのもサウナでした。

体を洗う、ということが、ここでも禊《みそぎ》の概念に繋《つな》がっているのだろうか。庭の隅には大変な大仕掛けのしてある井戸（ほとんど平地のこの島で、真水をくみ上げるのは大変な作業だったのに違いない）があった。梃子《てこ》の原理を使って、まるで巨大なシーソーのような仕組みの建造物だった。思わず口を開けて見上げる。

村の道を歩く。しっとりと湿った苔《こけ》に覆《おお》われて、形なく埋もれていきそうな石垣の石に、朝の木漏れ日が射《さ》している。庭々には、そこが庭であることを主張するかのように、ナナカマドの赤い実が風に揺れている。キヒヌ島でも、家々の庭にはナナカマドやニワトコの赤い実が鮮やかだった。この冬が長く厳しい地では、赤という色は好む好まざるを超えて、必要な栄養素のように人々が身近にしたがる色なのかもしれない。天候は回復している、のだろうか。相変わらず強い風が、昔からの風の道だろう、遠くの家の庭から順番のように庭木を揺らしては道の向こうに抜けていく。オークの木々の葉擦れが、なんとなくもの哀《がな》しい。

家々の石壁の石一つ一つ、石垣の石一つ一つに苔がびっしりと生え、伸び放題の庭木は家々を隠さんばかりだった。村全体が、やがて森に覆われ、呑《の》み込まれていきそうだった。村はずれの、道の向こう側に小屋があり、耳が垂れて背の低い犬がこちらを見ながら盛んに吠《ほ》えている。小屋の中から背の高い男性が出てきて、こちらを見る風でもなく小屋の反対側へ回った。無表情な顔つきがちょっと気になった。

——ああ、あの方、ロシア人ですね。

ヘリナさんが呟《つぶや》く。

——ロシア人って、すぐ分かるんですか。

——なんとなく、分かります。たいていのところには、ロシア人たちが入ってきていますから。

——村の人たちとは仲良くやっていけるんですか。

——うーん……。没交渉のところが多いですね。彼らは自分たちの言葉しかしゃべらないことが多いから。

それはけっこう緊張感があることだろう、と思う。けれど、ヨーロッパ大陸の国では、言語も違う民族が、つい目と鼻の先に住んでいる、ということは多いのだろう。

この辺りの村人達は、皆ドイツ姓なのだという。十九世紀の初め頃まで、彼らは名字を持たなかった。革命後、地主がドイツ人だったため、ドイツの名をつけられたという。

庭先に、古ぼけたボートが据えられている。とても使っているようには見えないが、転がしてあるという風でもない。どうやら展示してあるのだった。

——ボートは家族の一員のようなものですから、ぼろぼろに使えなくなっても、ボートを壊すってことはしないんですよ。この辺りの村、沿岸部も含めて、みんなそうです。

再び車に乗り、サーレマー島へ向かう。ムフ島とサーレマー島の間には、長い長い道路が横たわり、それが両島をつなぐ橋になっている。薄曇りの空の下、柔らかな光を反射する海に、鳥の群れが見える。遠目からでは詳しい種類は分からないが、シルエットからだとアビの仲間たちと、カモメの仲間たちであろう。高い建造物がないので、ほんとうに空が広い。それをキャンバスにして、空いっぱい、高層雲が自由自在に姿を変えている。見ていると、心まで自在に解き放たれていく思いがする。

橋の道路を渡り切り、いよいよエストニアで一番大きな島、サーレマー島へ入った。牧草地や森が続き、まだ人家が見えない。ウノさんが路肩に車を止め、なにやら携帯電話で連絡している。次の目的地への道を確認しているのだろう。静かな車内に、ウノさんのエストニア語が響く。私は道路を見つめる。

対向車は疎《まば》らだが、時折乗用車やダンプカーが比較的高速でやってくる。乗用車、乗用車、バン、ダンプカー、乗用車。それらが行き過ぎて、何もこなくなった道路を、一台の自転車が近づいてくる。通り過ぎる車の横にあっても、その自転車はふらつきもしなかった。乗っているのが、山のように大きな人なのである。ざんばら髪は肩ほどの長さがあって、たっぷりとした胸とおなかが、サドルの上でバランスを取っている。近くまで来ても、男性なのか女性なのか分からない。ただすごい迫力である。それまでエストニアの人々のなかにそれほど肥満体の人は見かけなかったので、なんだか失礼ながらしげしげと見つめてしまった。通り過ぎ際《ぎわ》、向こうも、おや、という表情でこちらを見ていた。東洋人がまだ珍しいのだろう。一瞬だったが、「観《み》ること」を互いに許可し合っている感覚があった。

ウノさんが行き先の見当を得たようで、車は再び走り出した。やがて道路脇《わき》でヒッチハイクでもするような具合で大柄な体格で包容力ある笑顔の女性が車に合図しているのが見えてきた。車を寄せ、止めるとその女性は「はいはいはい」と言わんばかりの気さくさで中へ乗り込んできた。サーレマー島を案内してくれることになっていたタンムさんだった。ヘリナさんが「私が英語に通訳してあげるから、どうぞエストニア語で」と言っているのに、いえいえ、と教科書のように律義《りちぎ》な英語で自己紹介を始め、そして最後まで英語で通した。

――サーレマー島は、古いエストニアそのままの生態系が保持されています。それというのも、ソ連時代、軍事拠点だったせいでサーレマー島はほとんど孤島も同然、ソ連は西側からの侵入や西側への逃亡を警戒してこの島を立ち入り禁止にしたのです。

エストニア本土からすら自由に行き来できたわけではなく、訪れるには許可が必要でした。私たちは本土の親戚《しんせき》とすら、会うことができませんでした。そんな中、自然だけは見事なほど保たれました。ムース（ヘラジカ）やイノシシは約一万頭、オオカミ、オオヤマネコ、クマ、カワウソは数百匹が確認されています。

――ムース一万頭……。

夢見心地である。

――では、クロライチョウやキバシオオライチョウも……。

――もちろんです。カワウソだっています。

このとき、私はかなり本気で後半生をこの島で過ごすことを考えた。

――……ほんとに昔のままなんですね。

私の反応に、タンムさんはうれしそうに頰を紅潮させて続ける。

――島の人口は四万人ほどです。昔はヴァイキングのヴァイキング、海賊船を襲う海賊の住む島として恐れられていました。そういう時代だったのですね。本土の方からも、冬場、凍結した海を渡って侵略しようと軍隊が攻め寄せてきたりしました。そういう気性の島民たちですから、むろん、戦って追い返しました。島民はスウェーデン人の末裔《まつえい》が多く、サーレマーの方言も、スウェーデン語っぽい発音のものが多いです。

ソ連時代は本土と同じく、何度も強制連行や、富裕層のシベリア送りなどがありました。第二次世界大戦末期、ソ連軍が入ってくると分かると、数千人が漁船などを使ってスウェーデンへ逃げ出しました。

先に述べた『ながいながい旅——エストニアからのがれた少女』のイロンが、本土側対岸の都市ハープサルから漁船でスウェーデンへ逃れたのも同じ頃だろう。

しばらくすると、徐《おもむろ》に森の中へ入っていく道に左折し、やがて何の看板もない広場のような所に停まった。

盆子原さんの立てた周到なスケジュールの一環で、なんと私たちは、ここでこれからカヤックに乗るのだ。

車から降りると、どこからともなくまだ十代かと思われる若者が現れ、こっちこっち、と先に立って案内する。Tシャツを着たスキンヘッドすれすれの髪型にピアス。その後をついていくと、露地のちょっとした空き地のようなスペースがあり、その周囲、丈高い葦の茂みの中に半分隠すようにしてカナディアン・カヌーが何艇か並んでおいてあった。カヤックと聞いたが、これはカヌーだ。だが看板はもちろん、小屋らしきものすらない。

田舎の悪童たち（と言わないまでも、非常にアクティヴな少年たち）が、遊びの延長線上でふと思いついて、これ、アルバイトになるかも、と始めた、という印象だった。同じカヌーガイド業でも、日本のきちんとシステム化されたプロのそれとは桁外《けたはず》れに素朴だが、お膳立《ぜんだ》てされていないこの地方の普段の「自然」に会えたようで、かえってわくわくした。地元の子どもたちの秘密基地に、こっそり入れてもらった、という気分。

葦の茂みの向こうは、一見、川になっていた。聞けば運河で、この先バルト海に繋がっているのだと言う。葦の茂みと茂みの間、偶然切れていて、芝地が川縁まで続いているところが、どうやら出航の場所である。私たちは二、三人ずつに分かれ、救命具を身につけてカヌーに乗り込む。

とたんに川面《かわも》を走る風を感じ、五感が沸き立つような思いがする。が、ゆっくり風に吹かれて、という雰囲気はそこにはなく、ピアスのカヌーガイドは、どんどん先へ行く。速過ぎる。

違う、こういうカヌーイングをやりたいのではない、と焦《あせ》るうち、若者は、このしんねりとした「ツアー」に足りないものは、「歓声」である、と思いついたらしく、一人実に愉快そうに声を上げ、高々とパドルを上げて猛然と進み始めた。みんなでスピードを競うレースを始めるつもりらしい。「え。何？　何が始まったの？」大人のツアー客たち（私たちのことだ）は戸惑っている。こういうカヌー小僧は確かにいる、全世界的に。けれど、それは私の「自然との接し方」ではなかった。せっかくバルト海でカヌーを漕《こ》ぐ（しかもバルト海の葦原の中を！）という機会を与えられながら、ごきげんなカヌー小僧に付き合って、この貴重な時間が潰《つい》えてしまうのはあまりにもやるせなかった。

　ああ、違う違う、と、私は悲しげに（と本人は思っているが、ヒステリックに、という表現も間違ってはいないだろう）呟いた（というよりは、悪態をついた、という方が正しいかもしれない）。ヘリナさんがそれを聞きつけ（彼女は日本語を解しないが、私の声の調子で察したのだろう）、カヌー小僧に二言三言、私の知らないエストニア語で声をかけた。とたんにカヌー小僧のテンションが下がり、一帯に涼やかな風が吹き抜け、葦の葉擦れが聞こえた。私は深く息を吸い、それから静かにゆっくりと吐いた。

　こんな機会は、ほんとうにまたとないのだ。

　人に何と思われようがかまわない、私は自然とのコミュニケーションのほか、すべてを無視することにした。ただひたすら風の音に耳を澄まし、草の息を感じ取り、その強弱を摑《つか》み、皮膚の中に取り込む。持って帰るのだ。

こう、そのときの決意のほどを言えば、なんだかまなじり決して凄《すさ》まじい迫力でいたように聞こえるかもしれないけれど、実際は、ただぼうっと、ただただうっとりして押し黙っていただけにすぎない。

渡された地図では、運河は大小の葦床の間を迷路のように行きつ戻りつして最終的には海へ行き着くようになっている。琵琶湖に面した地方にも同じような葦の茂る運河があるが、もっと手入れがされており、繊細だ。そして私はそれまでそこのことをそういう風に思ったことはなかったのだったが、較《くら》べると人工的である。それはそれでそういう歴史と美しさがある。が、このバルト海の葦床の、ワイルドでたくましいことといったら。ここ数日の不安定な気圧の変動で、この日も上空の雲の変化はめまぐるしく風が強かった。その風を真《ま》っ直《す》ぐに受けて、まるで巨大スタジアムの「大勢」によるウェイヴのように、直立する数メートルの高さの無数の葦たちが次々にダイナミックな最敬礼をする。かと思えば、もう絶対にもとに戻らないのではないかと思うくらいに千々に乱れて、それでも風が吹き過ぎるとなんとなくもとに戻っていく、この驚くべき柔軟な剛性。

水の道は、隘路《あいろ》が続いた後、ぽっかりとした広場のようなところに出、そこからまた隘路へ、さらには大きな葦床に行く手を阻《はば》まれT字路を右に曲がり、という具合で延々と続いていた。両側から壁のように迫ってくる厚い葦叢《あしむら》。その奥からかさこそと、確かに何か別の、ささやかな命の音がしている。カワセミの仲間だろうか、それともヨシキリの仲間？　あるいは川ネズミ？　まさかカワウソ？　とっさに目で奥まで探すけれども分からない。

葦原の中に、灰色イグサの一群れがあり、ちょうどそこを過ぎようとするとき、先ほどから雲に隠れていた太陽が、瞬間、そこだけに一筋、淡い光を送った。この光景をずっと昔から知っていたような気がして、通りすがりの人の顔にはっとして知人ではないかとまじまじと見るときのように、どこかでそんなはずはないと思いながら、ぼんやりと見つめた。艇はその間もゆっくりと進む。オオセグロカモメの一群が、ちぎれた雲の一部のように白と灰色をちらつかせながら頭上を飛んでいく。風は強い。

突然、真横の葦の壁がざーっと横倒しになった。そのとたん、今まで葦の壁で見えなかった向こうのようすが丸見えになった。なんとそこにはサフォーク種の顔の黒い羊の群れがいて、それが皆いっせいにこちらを見ていたのだった。彼らの感じからすると、葦の壁が倒れる前からこちらを注視していたとしか思えない。好奇心、というものが、人間のものだけではないということは今までの動物との付き合いから分かっていたつもりだったが、このときもそのことを思い知らされた。ただ、羊は犬と較べるとあまり表情がないので、彼らがどういう風に思っているかどうかまでは分からないけれど。

時間がないので、バルト海まで出ることはせず、途中で引き返す。

葦原や鳥の群れをもっと俯瞰《ふかん》出来る場所がある、とタンムさんが言うので、そちらへ向かう。そこもまた「鳥見塔」らしい。が、なかなか見つからない。タンムさんも普段は行かない場所らしい。車は森の道へ入り、逡巡《しゅんじゅん》しながら停まる。そこから先は車の乗り入れ禁止地区ということで、私たちは車を降り、森の中の道を歩いてみる。

静かだ。静寂の中、時折アオゲラの声が響いた。木々が両サイドから押し寄せてきている。私はその木々の光景に惹《ひ》き付けられる。英国の、サクソン時代から生き残る古い生垣（ヘッジロー）には、一部に森のようになっている所がある。その植生とよく似た木々だったのだ。

エルダー（西洋ニワトコ）は濃紺の実をたわわにつけている。ドッグ・ローズの赤い実、オークの青い実、春一番に白い花を咲かす西洋サンザシも赤い実を付けている。

房のように生《な》るエルダーベリーの黒い実は、食べられないと長い間思っていたが、近年、英国の田舎の、代々続くある生垣職人の家の古いレシピに、エルダーベリーのゼリーというのがあるのを知った。そこのお宅でも長いこと気にかけていなかったようだが、昨今の自然志向ブームでふとつくってみたらしい。そこで改めて、エルダーベリーには、煮立てて冷ませばゼリー状に固まる性質があると分かった。私のずっと憧《あこが》れていた職業が、実はこの生垣職人で、見習いのまねごとは一、二度やったことがあるのだが、なかなか就職までには至らずに今日まできてしまった。生垣の動植物相は非常に豊かで、そこを吹く風はかぐわしい。「五月の風をゼリーにして持ってきてください」というのは立原道造の病床の言葉だが、生命力が横溢《おういつ》するような生垣の五月の風を吸うたび、私はこの言葉を思い出し、それから（あろうことか！）この風を食べたい、と思うようになった。そして五月のみならず、一二か月の風をつくろう、と、若い日のあるとき、思い立った。

「一月の風」は、好きな紅茶、ラプサンスーチョン（松を燻《いぶ》した香りがついている）を少量入れ、甘味のない柑橘類《かんきつるい》を足してゼリーにしたものにしていた（が、以前ふと、ラプサンスーチョンに琥珀色《こはくいろ》のブランデーを加え、赤ザラメを少し入れたものを「十一月の風」にしてみた。ここ数年はそれで定番だがこれもいつ変わるか分からない）。

「二月の風」は、スイバである。冬になって、ロゼット状になった野の草の中で、霜に打たれ、深紅色になったものがある。それがスイバである。その、地面にへばりつくようにして寒気に耐え、ただ存在しているだけという風情《ふぜい》のロゼットの真ん中の、深紅色になった葉だけ摘む。それをみじん切りにして少し水を加え、ぐつぐつ煮る。アクがたくさん出てくるのでいつもより丁寧に徹底してこまめに掬《すく》い取る。グラニュー糖を加えたら、やがてガーネット色のジャムが出来上がる。ルバーブより野趣があって、陽の当たる冬の枯れ野の上を吹く風の味がする。これをゼリーにするのだ。三月はヨモギ、四月はサクラ、「五月の風」、は、ミントに檸檬《レモン》の表皮の黄色い部分だけを少量すり下ろしたものを加え、混じりけのないグラニュー糖を入れ、透き通らせてつくる。ほとんど透明だが微《かす》かに若緑色、目を凝らすと明るいレモンイエローがところどころ入っている、というところが重要。以下、六月、七月、八月と今のところは決まっている。固めるものは、その「風」の質によって、動物質のゼラチンであったり、各種海藻のそれであったり、あるいはコンニャク粉であったり。その「月」の「食感」で決めてきた。けれど、九月、十月がなかなか決まらなかったのだった。

そうだ、エルダーベリーのゼリーだ。それに赤茶に近い琥珀色のチェリーブランデーを加えて「九月の風」をつくってみよう。けれど、さしあたってどこで手に入れよう。北海道のエゾニワトコでも同じものがつくれるだろうか……。

西洋ニワトコ（エルダー）を見ながら、頭の中でそういう算段をしていたことを覚えている。けれどこういう幸福も、ある種の覚悟を持ってしか獲得できないものに、時代はなりつつある。

昨年（二〇一一年）の冬はいつも摘むスイバの生えている地の土壌が放射能で汚染され、その深紅色の葉を摘むことはできなかった。アケビも茸も、クルミもヨモギも野苺《のいちご》も。

けれどこのとき、二〇〇八年秋の私は、まだそんなときが来ることを知らない。

ソ連政権下のエストニアは、西側諸国とのボーダーにある国であった。サーレマー島などの島々は、殊《こと》にホットライン上にある。タンムさんの話を聞くと、ちょうど韓国と北朝鮮の国境付近三十八度線上が軍事的にデリケートな位置にあるため、結果的に渡り鳥含む動植物の楽園になったように、サーレマー島にはいわゆる「手つかずの」自然が残されてきたことが分かる。工場もなく空気は澄んで、汚染もほとんどない。地元産の野菜や果物はとてもおいしい。動植物相も豊かである。日本の北方四島もそうである。もう北海道ではほとんど絶滅したようなオロロン鳥やエトピリカたちが繁栄している。真夏の頃、北方四島より北に位置するサハリンのユジノサハリンスク（樺太《からふと》時代の豊原）からポロナイスク（敷香《しすか》）までを鉄道で往《い》き、窓の外の高山植物百花繚乱《りょうらん》に目を奪われ、ここが日本の領土だったら絶対に残っていなかった光景だと、それが今存在していることをしみじみありがたく思ったのを覚えている。

自由主義経済が、地球から奪い去ったものの大きさはとてつもない。その切実さには言葉もない。

これほど気に入った森の道ではあったが、途中、黒い二匹の大型犬を散歩させているご夫婦に出会い、「鳥見塔」へはこの道ではないことが分かる。時間に追われるスタッフは大急ぎで引き返すことを宣言する。感じのいいご夫婦で、一瞬の出会いだったが、ゆったりと落ち着いた物腰から、ここの自然に満足し、愛していらっしゃるのが伝わってきた。礼を言い、別れた後、振り返り、同じように振り返っているご夫婦に手を挙げて再び挨拶《あいさつ》する。

車に乗り、出発する。やがて広く開けた野原に出る。今度こそ間違いない。皆の間にそういう確信が広がる。タンムさんもそう言う。羊が放牧されているのだろう、フェンスの出入り口から敷地内へ入り、アスレチック用の建造物のような鳥見台（天井のないそれは、塔、というより明らかに台、であった）の階段を上りきると、一面の葦原である。それが強風にそよぐたび、まるで目に見えない巨人の手で梳られていくよう。皆の口から嘆声がもれる。まだ乾いたグリーンが残っているが、やがてすべてが枯れ色になり、白金のように風になびくのだろう。

こういう光景を確かに自分はかつて観た。

数百年変わらないようなエストニアの地方の光景を目にするたび、幾度となくそういう感慨を得た。肉体は現在にあるが、人の精神は、現在、（たとえば今この瞬間なら二〇一二年）にコミットしているのはほんの一部分で、ほんとうは各自、他者の窺《うかが》い知ることのできない遠い時代と密接に結びつきながら生きているのだろう（戦国の世の群雄割拠、国取り意識を生きている人もいれば、平安時代の恋愛至上主義を生きている人もいるだろう）。そういう自分を、できるだけかき集めて「この時代」とコミットさせ、現象としての自分の存在の確実さを高め、それから新しい時代精神をかたちづくっていく――そういう作業を、試しにまず自分から、と課していたこともあった。けれどそれでもどうしても離れられない大昔のどこかの時代精神が、折に触れこうしてノスタルジックな感慨を私にもたらすのだろう。

今日のうちにはもう、あの現代都市・タリンへ帰らなければならない。

鳥見台を降り、フェンスのゲートを出ようとすると、傍らで羊の毛がこびりついているのを目にし、思わず微笑《ほほえ》んだ。間隔を空けて立てた細い丸太の間に数本の有刺鉄線を渡しただけの「フェンス」。その「有刺」の部分に、それはくっついていた。体の痒《かゆ》い羊がこすりつけた跡なのである。「有刺」を利用して痒い所を掻《か》いているのだ。そして、囲い込み運動でできた英国の生垣やドライストーンウォールでも、羊たちは同じようなことをする。それを回収して回るのは昔の小作人の子どもたちの仕事であり、特権である。それだけで、ちょっとした羊毛が貯《た》まっていくのだ。

ほらほら、とそのささやかな発見を盆子原さんや木寺さんに囁《ささや》く。木寺さんが面白がり写真に撮る。

サーレマー島唯一《ゆいいつ》の町、クレッサーレのクレッサーレ城へ向かう。クレッサーレには現在約一万五千人が住んでいる。エストニアの中でも比較的新しい町に属する。公《おおやけ》には一五六三年に町になった。当時はデンマークの町であった。両手を握りしめるようにして、タンムさんは説明を続ける。

クレッサーレ城はそれまで修道院として使われていたが、その四年前、一五五九年、司教がデンマークへ売却していた。スウェーデン時代を経た後のロシア時代、一部破壊されるが、二十世紀初めの頃、修復される。周囲を堀に囲まれ、城門へは木造の橋を渡って入る。城壁の高さは約七メートル、周囲は六百二十五メートル。北の塔の部分は七階建てで、最上階にはレストランがある。そう言えば、パルヌのホテルの塔部分、最上階にも食事のできるスペースがあった。高い所ではなんといっても景色を楽しみながら食事をとらなくちゃ、という発想があるのだろうか。厨房《ちゅうぼう》が一階だったら大変だろう、と想像する。

私たちが行ったときはレストランは休みだったので、その外をぐるぐる回りながら眺望を楽しむ。実は先刻行った鳥見台から、葦原の向こうに入り江を挟んでこの城が見えていたのだった。今度はこちら側から葦原を眺める。不思議な気分であった。

保存もよく、堅固な城で、日常的に音楽会が催されたり、博物館としても機能していた。私たちはまたムースやヨーロッパクマゲラ、チョウゲンボウ、クマ、ワシミミズク、イノシシ、オオヤマネコ、オオカミなどに剝製《はくせい》で出会った。

城の見学を終え、移動する車の中で、タンムさんは、

──あの城が修道院として使われていた時代の伝説があります。

と、思わせぶりに話し始めた。

──あの城に住む修道士と離れた修道院に住んでいた修道女が恋に落ち、それはやがて皆の知るところとなりました。修道女は処刑され、修道士は城の一部に椅子《いす》に座っていられるだけの小さなスペースを与えられ、そしてそこの出入り口はすべて塗込められ、彼は閉じ込められました。数百年後、城の改修のため、その部分を取り壊すと、中から椅子に座った姿の白骨が出てきたのです。伝説はほんとうだったのだ、と大騒ぎになりました。

おお、なんと中世らしい、とひとしきりその話で皆が沸き、そうこうしているうちに最後に食事による予定だったレストランに着いた。着いたには着いたのだが、そしてサーレマー島の食材をふんだんに使ったおいしそうな料理をテーブル狭しと乗せて、ご主人が陽気に準備していてくださったのだが、船の出航の時刻が迫っていて、ほとんど何も食べる暇がなかった。申し訳なかった。この店はちょっとした地元物産紹介の機能も果たしているようで、店内の壁にはカラフルな花柄のブランケットがたくさんかけてあった。これはサーレマー島の特産物の一つで、女性たちが冬場、華やかなブランケットをまとって教会へ行くために刺繡《ししゅう》をほどこしたのが始まりなのだそうだ。

寒さに耐え忍び、被支配民として生きるなかで、わずかな時間を見つけて刺繍をする彼女たちを思う。

——エストニア西部でも花模様を刺繍しますが、これほどカラフルではありません。

黄色や赤の使い方が非常に、なんというか、桁外れに特徴的で、ベッドカバーなどもあった。ほとんど孤島のようだったソ連時代には、精神を安定させるためにこのカラフルさが必要だったのかもしれない、とぼんやり思った。

——では私はここで。

そのレストフンの木戸の所で、タンムさんが言った。ご自分はここから帰る、と言うのだ。

——もう、船の時間が迫っているから、すぐに港へ向かった方がいいです。

そう言うと、握手を交わしながら、タンムさんの瞳《ひとみ》が涙で潤《うる》んだ、と思ったら、それはいつまでも止《や》むことなく、タンムさんは滂沱《ぼうだ》の涙を流し続けた。私は、粛然とした。自分が「旅の途中の出会いと別れ」に慣れてしまっていたのだ、ということを痛切に感じた。タンムさんにとって、もしかしたら私たちが最初のビジターだったのではないだろうか。そう考えると、それまでの様々な場面での彼女のちょっとした戸惑いや緊張、熱心さや、初々《ういうい》しさがよく分かる。

私はタンムさんがどんな少女時代を送って、どんな結婚をし、どんな生活を送っているのか、何も知らない。まるでまだ読んでいない本のように、目の前にタンムさんがいて、私たちはお互いのことを何も「読み込まない」まま、こうして別れようとしている。それでも一期一会《いちごいちえ》。タンムさんには、私たちはおそらく二度と出会うことはないだろう、ということの本質が、私たち以上に直感的に分かっていた。ほんとうにそれは、考えれば涙を流し続けてもおかしくないほどの「永久の別れ」に等しかったのだ……。


車の中は静かだ。あまりにも速いスピードでウノさんが真剣に運転しているので、その気迫でのんびり外など観ていられない、というのが全体に漂っている雰囲気だ。サーレマー島とムフ島の間の、あの長い道路を全速力で駆け抜ける。いつも車の中で聞こえている、車外の写真を撮る木寺さんのシャッター音がほとんど聞こえない。盆子原さんが時計を見ながらヘリナさんと言葉を交わしている。気になって、

――船は何時でしたっけ。

――五時なんですけど……。

え？　と時計を見る。あと十分もない。車内の緊張感が高まる。やがて車はムフ島の港のあるクイヴァストゥに着く。港内に入る。運転席の窓を開け、ウノさんはゲートで係員とやりとりをする。いつもなら乗船する車の行列ができているのに、一台もいない。「やりとり」はすんだようだ。ウノさんが猛然と車を再発進する。そのまま船の乗船口に突っ込む。セーフ。入った瞬間、ボウーッと、汽笛が鳴る。なんと、ぎりぎりで間に合った。時計を見るとジャスト五時。車内でいっせいに拍手が鳴り響く。ウノさんは立ち上がり、振り向き、紅潮した頬で笑みを浮かべ、片手を胸に当て私たちに一礼する。

それから船で本土のヴィルツへ渡り、タリンへ向けてひた走った。暮れなずむ車外の景色を見ながら、私はまだタンムさんのことを考えていた。やがて外は真っ暗になり、車窓には車内の風景が映り始めた。盆子原さんも木寺さんも寝ている。ハードな一日だった。私には有意義で楽しい日々だったが、盆子原さんはスケジュールを滞りなく進ませるため、元気いっぱい走り回りながら私の知らないところでどれほど各方面に気を配っていたのだろう。窓に映る俯《うつむ》いた寝顔を見ながら思う。

夜の十一時を回ったところで、車はタリン近郊に達し、外国の夜の町らしく橙色《だいだいいろ》に辺りを染める街灯が、寂しい夜の風景を薄暗く照らし始める。盆子原さんは目を開け、窓の外を注視する。今度のホテルは旧市街にあるらしい。

――ホテルは○○って言うんですけど……。

ガイドブックにも出てくる、古い由緒《ゆいしょ》あるホテルの名を言う。

――あの、幽霊の出ない方のホテルです。

タリンには風情ある古いホテルがいくつかあり、そのうちの一つは幽霊の出る有名なところらしい。それはよかった。今日一日のイベントとしてはもう十分味わわさせてもらったもの。そう言って一週間ほど前に出たばかりのタリンの町を、なんだか不思議な思いで眺める。森の匂《にお》いがしない。こんなに都会だったのだ……。

ギシギシと鳴る木の階段を上り、フロアごとのドアを開け、絨毯《じゆうたん》を踏みしめて辿《たど》り着いた部屋は、いかにも昔風でこぢんまりと小さかったが、暖炉に火が入っており、清潔で温かく、居心地が良さそうだった。とりあえずバスタブにお湯を入れる。スーツケースを開ける気力もないようなのだが、必要なものだけ取り出す。

ベッドに入り、いつもの習慣で本に目を通す。

アフリカ五十年史の本は、どうにも読み進められずに、三冊目の本に手を付ける。

“The White Man's Burden”(『白人の担《にな》うもの』)。西欧諸国の膨大な公的資金を投入した開発途上国援助が、結局は逆効果なのだという、これでもかこれでもかという実例に、そういうことだろうなあ、と納得するもなんとも割り切れない思いが残る(帰国後、読了した。やはり「援助」は現地ニーズに沿った、地道な寄り添い型サポートが一番効果的なのだ、という、現場の人々には常識の結論を、改めて震災後の今、思い知らされている)。タイトルにとられたキップリングの詩、『白人の担うもの』(その一部が冒頭に引用されている)、見当違いも甚だしい中世騎士道的な崇高な犠牲的精神を発揚させ(無知で狡猾《こうかつ》な蛮族ではあるが我々は誇りを持って彼らの利益のために働こうではないか、というような内容)、結果的には搾取《さくしゅ》して当たり前と自分自身を納得させる、この恐るべき自己欺瞞《ぎまん》には、もう滑稽《こっけい》さを通り越して薄ら寒いものを感じる。この帝国主義、植民地主義の論理はしかし、ただ“The White Man”だけに特徴的なものではない。またキリスト教とは関係なく全世界的に起こりうるものだし、起こってきた。

けれどどこのヨーロッパの辺境とでも言うべきエストニアには、そういう“The White Man”臭さのようなものはついぞ感じなかった。祖国への熱烈な愛情が、歪《ゆが》んだ他民族蔑視《べっし》にその場所を譲ることはなかった。他国に支配され続けた歴史を持つ人々だったけれど、どんなときでも、生活を楽しむ、というポジティヴさを失わなかった。野や山や海、自然というものにその生活の指針をおってきたような人々であったから、チェルノブイリ以降、絶望的になってもしかるべきなのに、彼らはそうならなかった……。

9

翌日の飛行機は午後の便だったので、午前中は自由にタリンを散策することになった。盆子原さんと木寺さんは「セーターの壁」と呼ばれる、おびただしい数のセーターを売っている、ほぼ露天に近い城壁下のセーター市場へ写真を撮りに出かけた。私は地元の織物など手工芸品を展示、販売している「カタリーナ・ギルド」へ向かう。

町は観光客でにぎわっていた。フィンランド人が多いというのは聞いていたが、なるほどそれらしいグループにいくつも出会った。フィンランドからは高速艇で一時間ほどというので、たとえば歯科治療を受けに（こちらの方が安いのだそうだ）、日常品を買いに、と気軽に行き来があるのだと聞いた。

旧市街の商店街は、ほとんどが歴史的な建造物で構成されており、路地を通り、中に入るだけで心が浮き立った。観光客用の手工芸品のデザインも、土産物とは思えないセンスのいいものが多かった。モダンを指向しつつ、手作りの暖かみを感じられる域内を的確に意識できている「センス」だ。ある種の勢いがある。フェルト製品の色合いも美しく、私はあの羊たちの記念に、フェルトでできた（フェルトは羊毛を圧縮しただけでつくる）帽子を三つ買った。角あり、しっぽ（？）ありの、それぞれ被《かぶ》るだけで「下《した》っ端《ぱ》の悪魔」になれる愉快な帽子だ。宮野さんに、毎年四月の三十日、「ヴァルプルギスの夜」（魔女集会の夜）、タリンやタルトゥではこれで仮装した市民や学生たちが町を練り歩くのだ、と聞いていた。大学街タルトゥではちょうど学祭とも重なり、大パレードになるのだとも。三つも買って、一度に全部被れるわけでもないのだが、デザインがあまりにも楽しく甲乙つけがたく、やむをえなかった。

その後ドミニコ修道院を訪ね、それからホテルに帰り、皆で食事し、空港へ向かった。

初めて訪れたときは飛行機が着いたのが真夜中だったので、それであんなに閑散としていたのだと思っていたが、昼間でも「にぎわっている」とはとても言いがたい空港だった。シンプルで、がらんとしている。片隅で、荷物を足下に置いたまま、不安げな表情の、老いた両親と成年の息子、家族とおぼしき人々が、入ってきた私たちに目をやり、それから目をそらす。

私たちはここから、再びトランジットのため、アムステルダムへ向かう。雨は降っていないが、晴天とも言えず、淡い陽の光が薄い雲を通して飛行場内を満たしていた。そこへ、迎えにくるのが遅くなったのだろうか、くたびれたツィードのジャケットを着て眼鏡をかけた初老の男の人が、慌《あわ》ただしく建物の中に入ってき、息を殺し、目を見開くようにして辺りを見回し始めた。すると、多くの荷物で陣地を作るようにしていて時間をつぶしていた、あの疲れたようすの一家が、バネで弾《はじ》かれたように立ち上がった。それまでの物憂《ものう》げな表情が一変、喜色満面の抱擁。この一家の歴史に、何があったのかは知らない。だが見ているこちらまで、思いが伝わってきて、じんとしてくる。

じんとしながら、出発ゲートへ向かう。

エストニアの人々にとっての祖国愛とは、おそらく国家へのものというよりも、父祖から伝わる命の流れが連綿と息づいてきた大地へのもののように思って間違いがないような気がしてきていた。縦のつながり、横のつながり、森に棲《す》む、あるいは海に棲む、多様な生命への畏敬《いけい》の念。

エストニア人でなくても、生物多様性の大切さを否定するものは少ないだろう。だが、今の時代の、ヒトが地球に対してしてきたこと、今も現在進行形で行われつつあることを思うと、ときに絶望的になる。

化石記録では地球上に過去五回の主要な大量絶滅（最近では巨大隕石《いんせき》衝突による恐竜絶滅で有名な六千五百万年前）が認められるが、「これまでの数百年の間に、人間は生物種の絶滅速度を、これまでの地球史で認められた典型的な絶滅速度の1000倍程度に増加させてきた」（『国連ミレニアム　エコシステム評価　生態系サービスと人類の将来』オーム社）。しかもここ数十年では、人間にとって魅力的な羽や角を持った一種が、というのではない、生態系ごとの規模の絶滅が起こっている。その地域にしか生息しない種、というのが、「その地域」ごと、消滅させられている……。

過去に類を見ない「大量虐殺《ぎやくさつ》」だ。同じヒトという種の身の上に起こっている、アフリカでのできごとにすらなかなか共感を持ち得ない「ヒト」が、他の生物の身の上に起こっていることを共感するなんてことが、いったいどの程度可能なのだろう……。

ロビーで案内を待っているのだが、なかなか搭乗のアナウンスがされない。やっと、機材の関係で飛行機の出発が遅れているのだと知らされた。そのままで一時間が経《た》ち、次の飛行機の乗り継ぎ時間にも影響が出そうになった。盆子原さんは携帯電話を駆使して各所に連絡し、「ロンドン、もしくはイタリアでトランジット可能です」と見通しをつけた。私も木寺さんも、そのてきぱきとした仕事ぶりに傍らでただただあっけにとられていた。結果的になんとかぎりぎりアムステルダムで間に合いそうだと分かり、私たちはようやく機上の人となった。

この一か月後、私はウガンダに行くことになっていた。ヨーロッパを発《た》ったコウノトリは、エジプトから中央アフリカまで渡るという。もしも会えたとしたら、嬉《うれ》しいけれどまるで決死のストーカーだ（だが、もちろんコウノトリのために行くのではない、表向きは）。会えなくてもそれはそれでかまわない。会いたいと思う気持ちを持てることのほうが、ありがたいのだ（なんだかイソップのキツネのやせ我慢のようではあるけれども）。

一か月前はカムチャツカにいた。体はいったん帰国して日本にいたのだが、魂は一か月かけてユーラシア大陸北端を西へ西へと移動し、エストニアに着いた。そしてこれから更に西へ、また南へと移動し、再びひと月かけてアフリカを目指す。その間、日本にいながら頭のどこかでそういう地道な移動を続けている。日常の意識とは別に、魂の一部は見知らぬ原野を彷徨《さまよ》っていることを思う日々(今はコーカサスの、あの辺り、とか)。体と魂が離れることなく移動できた大航海時代とは違う、急激な体の移動に魂のそれを合わすために、それは存在の必要から生まれた工夫だった。

たぶん一生、追いつきもせず到達もし得ず、ことばに表現し得ることなく、徒《いたずら》に歳月を費やし最後までただ「目指している」だけの、ほんとうは実体も分からない、そういう遥《はる》かな対象をもつこと——そういうことをずっと、自分の抱え持つ不運な病理のように感じていた。とても肯定的には捉《とら》えられなかった。

けれどこの旅の間、こういうふうにも考えるようになった。それはきっと、ある種の個体に特有の「熱」なのだ。それがなくなれば、おそらく生体としても機能しなくなる。「熱」に浮かされることなく、それを体内の奥深く、静かに持続するエネルギーに変容させていく道があるのではないか。長い時間をかけても。

エストニア全土から集まった、数十万人の大合唱で歌われる「我が祖国は我が愛」。それは、何百年にもわたって、深く営々と営まれてきた被支配の日常のなかで途切れることなく培《つちか》われてきた、熱情と言ってもいい祖国への思いそのものだ。一時の「激情」ではなく、着実な、途切れることのない、ひたすらな思い。自らの裡《うち》で、静かに燃やし続ける「熱」。

それ以外に、この煉《れん》獄《ごく》の世の、どこに、光などありえようか。

のんびりと離陸した小さな飛行機は、それほど高度を上げることなく、遊覧飛行のようにタリンの街の上空を飛んだ。やがて大地が切れ、島が見えてきた。その特徴的な形から、ムフ島とサーレマー島であることがすぐに分かった。昨日ウノさんが飛ばしに飛ばした、あの、ムフ―サーレマー間の道路がはっきりと見える、車が通っているのも分かる。工事現場も、催し物も。人々の日常が、今、眼下で繰り広げられている。思わず目を凝らして見入る。そして気づく。

ああ、これは、あの、アフリカへ渡ったコウノトリたちの視点ではないか。深々とした森、沼沢地《しょうたくち》、葦原《あしはら》。車、船、人の営み。そしてきらめく海の向こう、微《かす》かに弧を描く水平線。国境などという「線」は、どこにも引かれていない。彼らには世界がこういう風に見えていたのだ。永遠に連続する海と大地。

祖国は地球。

渡り途中の鳥たちに、もしも出自を訊《き》いたなら、彼らはきっとそう答えるに違いない。

我が祖国は我が愛

リディア・コイドゥラ
訳　梨木香歩

我が祖国は我が愛
汝《なれ》に捧《ささ》げし　我が心
汝に歌わん　我が至福
咲き匂《にお》う花のごと　うるわしき地よ　エストニア
汝に歌わん　我が至福
咲き匂う花のごと　うるわしき地よ　エストニア
汝《な》が痛みは我を苛《さいな》み
汝が喜びは我を酔わす
母国よ　我が父祖の地よ

我が祖国は我が愛
父祖の地断じて捨てられじ
よしや百遍この命　落とさん運命《さだめ》に果つるとも
よしや百遍この命　落とさん運命に果つるとも

余所《よそ》の誹《そし》りを受くるとも
うるわし汝《なんじ》我が胸に在り
うるわし汝我が胸に在り
母国よ　我が父祖の地よ

我が祖国は我が愛
我今はただ休息《やすみ》たや
汝《な》が膝下《ひざもと》で夢見たや
我が聖《きよら》なるエストニア
汝が膝下で夢見たや
我が聖なるエストニア
汝《なれ》が鳥らはささやきて　永久《とわ》の眠りを慰めん
我が亡骸《なきがら》は土となり
優しき花ぞ咲き出《い》でん
優しき花ぞ咲き出でん
母国よ　我が父祖の地よ

解説

奥西峻介

けっきょく人はすべてを体験できないし、そのわずかな体験でも、そのすべてを話すことができない。できるのは、許された範囲で経験の断片を語るだけである。しかし、そこには人として生きてきた思いの集積が滲《にじ》み出ることがある。そして、受ける側は、その滲み出たものに心動かす。大げさに言えば、具体の小片のなかに普遍を見るのだ。さらに、日常の中で思索を回《めぐ》らすことになる。

梨木香歩『エストニア紀行』は読者に哲学をさせる作品だと思う。それはバルト海の奥の小国を訪ねたときの記録である。その国は、国土の大半が昔のままの自然に覆《おお》われ、首都のタリンには中世の城壁が残る、謂《い》わば現代から取り残されたような国である。千年にわたる強国の支配に耐えながら民族の矜持《きょうじ》を守り、二十世紀にようやく独立した国だが、日本ではその所在地を知らぬ人も少なくないだろう。

なぜそんな国に著者が惹《ひ》かれたのか。明確には述べられていないが、エストニア以外に言及される地を知れば推察できる。それは、カムチャッカであり、サハリンであり、コーカサスであり、ウガンダである。実は、それらは辺界の地なのだ。中央から見れば僻地《へきち》であり、両側から見れば境目《さかいめ》である。

また、本書には「境界」への言及が散見する。たとえば『旧約聖書』に出てくるゴグマゴクの紹介がある。世界の果てに棲《す》んでいると言われる怪物だが、ギリシア語やシリア語やエチオピア語で流布《るふ》した『アレクサンダー・ロマンス』でも大王が「生命の水」を求めて闇《やみ》の国すなわち黄泉《よみ》に行く途中でゴグマゴクに邂逅《かいこう》する。

「文化」という現象は、物事を分類する。言い換えれば、ほんらい連続して切断のない「自然」を区分けして「境界」を引くのだ。ヒトを大人と子供に分ける。自然を海と陸に分ける。しかし、厳密に観察すれば、その区別はきわめて曖昧《あいまい》である。しかも、境界線には幅がないから、無理矢理にどちらかに仕分けして線上には何も存在しないことにする。実際には、容易に大人とも子供とも言いがたい者もいるし、海と陸の境目は常時変化している。そして、文化は人間の成立要件の一つであるから、文化に付随する現象は人間の宿命であり、境目に在る物を無視し抹殺する作業は人類の発生いらい営々と繰り返されてきた。

それが国や民族のばあい、境界にある国や民族は、常に消滅の危機に怯《おび》える。その国あるいは民族自体に問題があるのではない。境界に位置することが原因なのである。周囲の国や民族がとくに侵略的だとか拡張主義者であるからでもない。ヒトも生物であるから、それ自体、自己保存の法則が働くのである。自分が生き残るためには我利の追求は必須《ひっす》である。多くの宗教や倫理哲学が敵への寛容や我欲の放棄を説くのはヒトがもともと利己的な生き物だからである。だから、それぞれの大国が自己の保身を図れば、狭間《はざま》の小国ないし少数民族は消滅の憂《う》き目にあう。

もし、そのような仕打ちが理不尽とするなら、今ある境界の存在が不条理なのだ。それでは、その国境を変更してはどうか。そうすれば、現在境界の下にある国あるいは民族は救われるが、別の国あるいは民族が新たな境界に位置することになる。ならば、いっそのこと、国とか民族という区別をなくせばどうか。実は、エストニアは一九九一年までソビエト連邦（現在のロシアおよびユーラシア経済同盟などを含む国家）の一部だった。だから、公式にはエストニア人とロシア人の区別はなかった。そして、ソビエト連邦を産み出したロシア革命の旗手レーニンも、革命後に独裁者になったスターリンもいわゆるロシア人ではなかった。しかし、どうだったか。要するに、政治的国境の有無が重要なのではない。

ある民族に固有の国土という主張もある。しかし、ユーラシア大陸に人類が進出してからでも約五万年の年月が過ぎ、その間に人々は移動していった。もとから居住している民族と言っても、たかだか数千年である。現在の知見では、どこの国でも現在の住民が一万年前にそこに住んでいたヒトの子孫であると証明された例は殆《ほとん》どない。言い換えれば、現在の地球人の大半は他所《よそ》からの「移民」の子孫なのである。だから最近移ってきた人々を移民だという理由で排斥するのはあまり根拠のある理屈ではない。前からいた人も新しく来た人も言い分があるのである。

このような議論では、「時間」という概念を援用するのがもっとも公平ではないかとの意見がある。人間に限らず、この宇宙のあらゆる存在は（ただし、神を除いて）時間に支配されている。どんなに金持ちでも、どんなに知識があろうとも、どんなに権力をもっていようとも時間は平等に過ぎていく。「早く来た」、「長く生きた」というのはその人の財力や身分や血統に関係なく適用できる唯一《ゆいいつ》の基準ではないか。だから、早く来た、長く生きたものには優先権を与えるべきだというのである。このような考えから自然発生したのが「長幼の序」であり「年功序列」である。ところが、現在はそのような秩序を旧弊だと批判する時代である。こうして、私たちは迷わなければならない。

そして、エストニア自身もさまざまな意味で境界であった。

エストニアはその母国語で「エースティ（Eesti）」と言う。エストニア語はヨーロッパでは特異な言語である。英語やフランス語などヨーロッパ諸国の国語のほとんどはインド・ヨーロッパ祖語という共通の祖先に由来するとされるが、エストニア語と隣のフィンランド語それにハンガリー語の三カ国語だけは別の系統に属し、フィノ・ウゴール語と呼ばれる。文法も英語などより日本語に近い。それでエストニア人らはヨーロッパでは異質の人々だと思われてきた。単純化して言えば、エストニアはヨーロッパにあって非ヨーロッパなのである。

エストニアはほかのヨーロッパ諸国のほとんどと同じようにキリスト教国である。しかし、キリスト教が布教される以前のアニミズムすなわち森羅万象に霊魂や生命があるという信仰の残存が顕著である。神話的英雄が活躍する叙事詩が愛され、古代から受け継がれてきた年中行事が守られている。もっとも重要な行事は春の種播《ま》きと夏の草刈りが交替する夏至祭で、一族が集まって大きな焚《た》き火を焚き、それを取り巻いて踊り歌い、焚き火を跳び越える。キリスト教化して「聖ヨハネの日」と呼ばれるが、わが国の左義長（とんど）の餅《もち》のように熾火《おきび》で焼いた馬鈴薯《ばれいしょ》を魔除《まよ》けに食べたりするから太古の行事に由来することは明らかである。キリスト教と昔の原始的な宗教が混交しているのである。

人間の伝統的な世界観はどこでも同じである。自分を中心として、家族、一族、仲間、隣人、他人がいる世界が同心円状に広がっている。いちばん外側にはだれも知らない世界が横たわっている。ヨーロッパでは、地中海域に文明があり、その外側に未開人がおり、さらにその外側に未知の海と森が広がっていると久しく考えられてきた。文明圏と未開世界の境界はワル（wal-）と呼ばれたらしい。英国のウエールズ（Wales）、コーンウォール（Cornwall）やベルギーのフランス語地域ワロン（Wallon）、ルーマニアの南部ワラキア（Wallachia）などの地名に痕跡《こんせき》がある。その外側にはゲルマン人らが住んでおり、さらにその外側は魔物や怪物がいるかも知れない異界であった。

エストニア人という名称は「アエスティ（Aesti）」という形でローマの歴史家タキトゥスが書いた『ゲルマニア』（九八年）に初めて登場する。一世紀にはローマは隆盛を極めていたが、かれはすでにその頽廃《たいはい》と衰退を予見していた。ローマの堕落を批判するために質素で純朴な生活を営む「野蛮人」すなわちゲルマン人を取り上げたのである。その中で、琥珀《こはく》とアエスティ人にかなりの言葉を費やしている。かれらの勤勉を讃《たた》え、ローマ人が貴石として珍重する琥珀がもとは現地人には無価値な樹脂に過ぎず、未開の森林も意外と豊饒《ほうじょう》だと述べている。いわゆる「文明」への懐疑を含意しているのであろう。

琥珀は新石器時代から人類に知られ、古代ギリシアの叙事詩『オデッセイ』にも登場するし、紀元前五世紀の歴史家ヘロドトスの『歴史』(三・一一五)も琥珀の産地がヨーロッパの北の海に注ぐ川辺だという話を伝えているが、主産地であるバルト海の岸辺から南方の地中海まで、いわゆる「琥珀の道」の交易品だった。しかし、六世紀に原産地の民族自身が持参し東ゴート王国のローマ人政治家カッシオドルスに献上した。その礼状の写しが大英図書館に残っている。いらいエストニアは琥珀を産する北限の国として知られるようになったが、同時に、タキトゥスの描いた印象が伝承された。文明に抗して自然を保っている世界、人間の住むところとそうでない森林の境界なのである。そのエストニアの外側には何があるか。そこは未知の空間である。昔は人の入らぬ森林であり、舟では近づけぬ大洋であった。そこは非日常の異界である。

そういうところから不思議な来訪者があることは現在も半ば信じられている。だから、サンタクロースの故郷はフィンランドやグリーンランドにあるのである。赤ん坊を運ぶコウノトリも異界から来る鳥形霊の象徴だろう。

エストニアに向かった著者は、境界であるエストニアで「境界」とは何か、その線を引く「人間」とは何かを知ろうとしたのではないか。果たして、その試みは成功しただろうか。ただ、彼岸から生命を運ぶと信じられているコウノトリにはついに会えなかった。機上から線の引かれていない自然を眺めながら、次の地へ向かわざるを得なかったのではないか。探索の旅は終わらないのである。

（二〇一六年四月、大阪大学名誉教授）

口絵写真　木寺紀雄
地図　綜合精図研究所

この作品は二〇一二年九月新潮社より刊行された。

梨木香歩著

家守綺譚

百年少し前、亡き友の古い家に住む作家の日常にこぼれ出る豊穣な気配……天地の精や植物と作家をめぐる、不思議に懐かしい29章。

梨木香歩著

ぐるりのこと

日常を丁寧に生きて、今いる場所から、一歩一歩確かめながら考えていく。世界《ぐるり》と心通わせて、物語へと向かう強い想いを綴る。

梨木香歩著

沼地のある森を抜けて

紫式部文学賞受賞

はじまりは、「ぬかどこ」だった……。あらゆる命に仕込まれた可能性への夢。人間の生の営みの不可思議。命の繋がりを伝える長編。

梨木香歩著

渡りの足跡

読売文学賞受賞

一万キロを無着陸で飛び続けることもある壮大なスケールの「渡り」。鳥たちをたずね、その生息地へ。奇跡を見つめた旅の記録。

梨木香歩著

不思議な羅針盤

慎ましく咲く花。ふと出会った本。見知らぬ人との会話。日常風景から生まれた様々な思いを、端正な言葉で紡いだエッセイ全28編。

中沢けい著

楽隊のうさぎ

吹奏楽部に入った気弱な少年は、生き生きと変化する——。忘れてませんか、伸び盛りの輝きを。親たちへ、中学生たちへのエール！

佐野洋子著　ふつうがえらい

嘘のようなホントもあれば、嘘よりすごいホントもある。ドキッとするほど辛口で、涙がでるほど面白い、元気のでてくるエッセイ集。

佐野洋子著　がんばりません

気が強くて才能があって自己主張が過ぎる人。あの世まで持ち込みたい恥しいことが二つ以上ある人。そんな人のための辛口エッセイ集。

佐野洋子著　シズコさん

私はずっと母さんが嫌いだった。幼い頃からの母との愛憎、呆けた母との思いがけない和解。切なくて複雑な、母と娘の本当の物語。

さくらももこ著　そういうふうにできている

ちびまる子ちゃん妊娠!? お腹の中には宇宙生命体=コジコジが!? 期待に違わぬスッタモンダの産前産後を完全実況、大笑い保証付!

さくらももこ著　さくらえび

父ヒロシに幼い息子、ももこのすっとこどっこいな日常のオールスターが勢揃い! 奇跡の爆笑雑誌「富士山」からの粒よりエッセイ。

さくらももこ著　またたび

世界中のいろんなところに行って、いろんな目にあってきたよ! 伝説の面白雑誌『富士山』(全5号)からよりすぐった抱腹珍道中!

おいしい日常
平松洋子著
おいしいごはんのためならば。小さな工夫から愛用の調味料、各地の美味探求まで、舌が悦ぶ極上の日々を大公開。

平松洋子の台所
平松洋子著
電子レンジは追放！　鉄瓶の白湯、石釜で炊くごはん、李朝の灯火器……暮らしの達人が綴る、愛用の台所道具をめぐる59の物語。

おもたせ暦
平松洋子著
戴いたものを、その場でふるまっていただける。「おもたせ」選びは、きどらずに、何より美味しいのが大切。使えるおみやげエッセイ集。

おとなの味
平松洋子著
泣ける味、待つ味、消える味。四季の移り変わりと人との出会いの中、新しい味覚に出会う瞬間を美しい言葉で綴る、至福の味わい帖。

夜中にジャムを煮る
平松洋子著
つくること食べることの幸福が満ちる場所。それが台所。笑顔あふれる台所から、食材と道具への尽きぬ愛情をつづったエッセイ集。

焼き餃子と名画座
―わたしの東京　味歩き―
平松洋子著
どじょう鍋、ハイボール、カレー、それと……。あの老舗から町の小さな実力店まで。山の手も下町も笑顔で歩く「読む味散歩」。

小川洋子著

薬指の標本

標本室で働くわたしが、彼にプレゼントされた靴はあまりにもぴったりで……。恋愛の痛みと恍惚を透明感漂う文章で描く珠玉の二篇。

小川洋子著

まぶた

15歳のわたしが男の部屋で感じる奇妙な視線の持ち主は？ 現実と悪夢の間を揺れ動く不思議なリアリティで、読者の心をつかむ8編。

小川洋子著

博士の愛した数式

本屋大賞・読売文学賞受賞

80分しか記憶が続かない数学者と、家政婦とその息子——第1回本屋大賞に輝く、あまりに切なく暖かい奇跡の物語。待望の文庫化！

小川洋子著

海

「今は失われてしまった何か」への尽きない愛情を表す小川洋子の真髄。静謐で妖しく、ちょっと奇妙な七編。著者インタビュー併録。

小川洋子著

博士の本棚

『アンネの日記』に触発され作家を志した著者の、本への愛情がひしひしと伝わるエッセイ集。他に『博士の愛した数式』誕生秘話等。

小川洋子
河合隼雄著

生きるとは、自分の物語をつくること

『博士の愛した数式』の主人公たちのように、臨床心理学者と作家に「魂のルート」が開かれた。奇跡のように実現した、最後の対話。

新潮文庫最新刊

佐伯泰英著
死の舞い
新・古着屋総兵衛 第十二巻

長崎沖に出現した妖しいガリオン船。仮面をつけた戦士たちが船上で舞う謎の軍団は、古着大市の準備に沸く大黒屋の前に姿を現した。

海堂尊著
ランクA病院の愉悦

売れない作家が医療格差の実態を暴くため「ランクA病院」に潜入する表題作ほか、奇抜な着想で医療の未来を映し出す傑作短篇集。

船戸与一著
雷の波濤
―満州国演義七―

太平洋戦争開戦！ 敷島兄弟はマレー進攻作戦、シンガポール攻略戦を目撃する。連戦連勝に沸く日本人と増幅してゆく狂気を描く。

井上荒野著
ほろびぬ姫

不治の病だと知った夫は、若く美しい妻のために一計を案じる。それは双子の弟を身代わりとすることだった。危険な罠に妻は……？

島田荘司著
御手洗潔の追憶

ロスでのインタビュー。スウェーデンで出会った謎。出生の秘密と、父の物語。海外へと旅立った名探偵の足跡を辿る、番外作品集。

竹宮ゆゆこ著
砕け散るところを見せてあげる

高校三年生の冬、俺は蔵本玻璃に出会った。恋愛。殺人。そして、あの日……。小説の新たな煌めきを示す、記念碑的傑作。

エストニア紀《き》行《こう》

森の苔・庭の木漏れ日・海の葦

新潮文庫　　　　な－37－12

平成二十八年 六月 一日 発行

著者　梨《なし》木《き》香《か》歩《ほ》

発行者　佐藤隆信

発行所　株式会社 新潮社

郵便番号　一六二—八七一一
東京都新宿区矢来町七一
電話　編集部(〇三)三二六六—五四四〇
読者係(〇三)三二六六—五一一一
http://www.shinchosha.co.jp

価格はカバーに表示してあります。

乱丁・落丁本は、ご面倒ですが小社読者係宛ご送付ください。送料小社負担にてお取替えいたします。

印刷・錦明印刷株式会社　製本・錦明印刷株式会社

ISBN978-4-10-125342-8　C0195